もふもふを拾ったら、異世界から来た騎士に一途に愛を乞われることになりました

marmaladebunko

希

マーマレード文庫

もふもふを拾ったら、異世界から来た騎士に一途に愛を乞われることになりました

m a r m a l a d e b u n k o

中山紡希

マーマレード文庫

目次

もふもふを拾ったら、異世界から来た騎士に一途に愛を乞われることになりました

もふもふを拾ったら、異世界から来た騎士に一途に愛を乞われることになりました

プロローグ

抗《あらが》わなくてはいけない。理性と本能の間で私の心は揺れていた。

「リサになんと言われても、俺はずっとリサを諦《あきら》めない。いくら拒まれても、受け入れてもらえるまで愛を伝え続ける」

私の唇を奪い、わずかに開いたその隙間からすかさず舌を滑り込ませる。体から力が抜ける。頭の中がぼんやりとしてなにも考えられなくなる。

「クリス……、これ以上はダメ……」

喘《あえ》ぐように言葉を発する私の舌を搦《から》め捕り、吸いあげる。彼の深いキスに骨抜きにされ、甘い吐息が漏れる。

胸を両手で押し返すと、クリスは私を試すように色っぽい表情で尋ねた。

「でも、俺のことは嫌いじゃないんだろう?」

答えに詰まる。嫌いなわけがない。私はこんなにも、あなたに心を揺さぶられているのだから。

「今すぐリサを、自分のものにしたい」

欲情を隠すことなく私を見下ろすその翡翠《ひすい》色の瞳は、絶対に逃がさないという決意めいたものを孕《はら》んでいる。

首筋についばむようなキスの雨を降らす彼に、身をよじる。

「リサ……好きだ」

首筋から鎖骨に唇を這《は》わせ熱い舌先で刺激され、抑えきれない激情が押し寄せる。たまらず小さな声を漏らしてクリスの逞《たくま》しい二の腕を掴《つか》む。

「大切にする」

シンッと静まる室内で、私たちは荒い呼吸で見つめ合う。言葉にしなくても、互いに相手を求めているのがわかった。クリスが私の顔の横に手をつく。ギシッとベッドが音を立てるのを合図に、再び彼の唇が近づいてきた。

第一章　青い光　クリスside

「今日は満月か」

城の回廊を歩きながら空を見上げる。闇を切り取るように、大きな満月が浮かんでいる。

大陸の西に位置するウェストリィング王国。その城は侵入者を阻む切り立った石造りの城壁に囲まれており、城の尖塔《せんとう》には、サファイアブルーの王家の紋章がはためいている。

ふと、廊下の壁にかけられた大きな鏡に目を留める。そこには、肩と袖に銀糸の刺《し》繍《しゅう》が施された黒色の軍服を着て、腰に長剣を差した自分の姿が映しだされている。翡翠色の瞳は母親譲りだ。昼間は、友好関係にある国の要人警護で常に気を張っていた。そのせいか、鏡に映った顔には疲れが滲《にじ》んでいる。これではいけないと、目にかかる黒髪をかき上げた。

俺が国王執務室の前に歩み寄ると、警備をしていた馴染《なじ》みの近衛兵が小さく頭を下げて、重厚な扉を開けた。

「失礼します」

中央に構えられたデスクの前に、国王エドワード・テイラーの姿があった。羽根ペンを置き、顔を上げる。弱冠三十三歳。父である前国王の急死後、年若くして即位をしたエドワード。気高く聡明で才覚に長《た》けているが、その地位に甘んじることなく心血を注いで国を率いている実力者だ。

「クリスか。どうした」

国王は、クリストフェル・テイラーという名の愛称を用いて、俺をクリスと呼ぶ。

俺は王家の血族にふさわしい品位を漂わせている国王の前まで歩み寄り、一礼する。

「陛下。ここのところ頻出《ひんしゅつ》している盗賊の件で、多数の被害が報告されています。昨日は交易商人が荷を奪われ、死傷者も出ました」

「今回もまた、オズベロンが関係しているのか？」

「はい。間違いありません」

ウェストリィング王国の東側に位置する、隣国のオズベロン王国。この国とは前国王時代に停戦協定が結ばれているものの、依然として敵対関係が続いている。最近では、協定を無視して窃盗や強奪を繰り返す不届き者がおり緊張状態が高まっていることから、いつ戦争になってもおかしくない情勢だ。

「オズベロンには私のほうから厳重に抗議をしておく。だが、これ以上続くようならこちらも黙っていない。大義名分が立てば、騎士団には総力戦で戦ってもらう」

淡々とした口調ながら、停戦協定を反故《ほご》にするオズベロンに対しての怒りが滲んでいた。

「はい。その覚悟はできています」

「ひとまず、国境付近の騎士団の警備を厳重にしよう」

濃紺の厚手の生地に金の縁《ふち》取りのされた上衣を纏《まと》った国王は、ヘーゼル色の目をこちらに向ける。

「増員の準備はすでに整っています」

「そうか。厳正に対処してくれ。頼んだぞ」

「はい、陛下」

心臓に手を当てて頭を垂れて従順に返すと、国王は椅子から立ち上がった。

「悪いが、クリスとふたりで話がしたい。少し席を外してくれ」

「わかりました」

室内で静かに控えていた宰相《さいしょう》が、頭を下げて部屋から出ていく。彼は国王のそばで政務を補佐する役割を担っている。六十代前半で、寡黙《かもく》。白髪の入り交じった黒髪は、いつもきちんとセットされている。彼を見送ると、国王がこちらに歩み寄る。

窓から注がれる月光に国王のダークブロンドの髪がキラリと輝く。凛々《りり》しい切れ長の瞳、背筋を真っすぐ伸ばして歩く精悍《せいかん》な姿は国王としての威厳を感じさせる。目の前まで来ると、国王は口の端を持ち上げて親しげな笑みを浮かべた。

「この部屋には私とお前のふたりきりだ。そう堅苦しくなるな。たまには酒でも一緒に飲もう」

デスクの傍《かたわ》らにあるキャビネットの上の酒瓶を手にしておどける国王は、数分前とはまるで別人だ。オンとオフの切り替えが信じられないほどうまい。

ふたりきりになるとこうやって軽口を叩《たた》くが、普段は何事にも動じず肝が据わっていて威厳がある。だからこそ、若い国王をよく思わない貴族たちからの圧力にも一切屈せず、国のトップとして君臨していられるのだろう。

「いえ、まだ仕事が残っているので」

「まったく、つれない奴だ。たまには兄弟として一緒に酒ぐらい飲んでくれてもいいだろう」

やれやれと肩を竦《すく》める国王のエドワード・テイラーは、半分血の繋《つな》がった五つ年上の兄だ。

俺は、前王と長年使用人として働いていた母との間に生まれた。

エドワードの母である妃が病気で亡くなった後、ふたりは恋に落ち、母は俺を身ごもった。

国王は母を正式に妃として迎え入れようとしていたらしいが、出産後すぐに母は亡くなった。にもかかわらず、俺は父である前国王の恩情により城の一室を与えられ、第二王子として育った。

しかし「使用人の女が色仕掛けをして、病気の妃から国王を奪った」という根も葉もない噂《うわさ》が広まった。元々身分の低かった母が国王の子を産んだことをよく思わない人間が、たくさんいたのだ。そのため、俺は周りの人間に冷遇されて育った。そして六歳のときに国王である父が病に倒れ、さらに当たりがきつくなった。

だから俺は第二王子という身分を辞退し、騎士になるために城を出たのだ。

それからは、小姓になり雑用をこなしながら勉強や武術に励み、十歳を超えると従騎士となり実戦経験を積んだ。

「弟のクリスが騎士団長になってくれて、これ以上心強いことはないよ。お前はよくやってくれている。だけど、無理をしすぎていないか心配だ」

「無理などしていません。やるべきことがたくさんあるので、日々それをこなしているだけです。それに、俺は陛下と国のためにならの命を捧《ささ》げる覚悟はできています」

父である前国王が亡くなると、一部の民は俺の存在をさらに疎《うと》んだ。兄のエドワードが国王になってからは、「国王の座を虎視眈々《こしたんたん》と狙っている」とあらぬ噂を立てられることもあった。

けれど、兄は周りがなんと言おうと、城を出て騎士を目指して鍛錬に明け暮れる俺の努力を認め、騎士団長として任命してくれたのだ。

俺が謀反を企てて、国王の足をすくう可能性はゼロではない。にもかかわらず、兄は俺を信じて名誉ある地位を与えてくれた。俺の使命は、その恩に報いることだ。

「クリスの忠誠心は王として誉れだ。だが、時として身を挺《てい》するその覚悟が怖くなる。国王である前に、私はお前の兄だ。血の繋がった大切な弟を失いたくない兄の気持ちをわかってくれ」

同じ背丈の彼は、俺の肩をポンポンと叩いて小さな子供を諭すように優しい口調で言う。

兄の言葉は嘘《うそ》ではない。母を亡くして孤独に暮らし、存在を忌々《いまいま》しいと罵《ののし》る一部の人間に苦水を飲まされる俺をいつだってかばい、味方になってくれた。部屋に閉じこもる俺を気遣い、何度も外へ遊びに誘ってくれたのも兄だ。

子供の頃からずっと変わらない兄の優しさと聡明さに、俺は何度も助けられた。

「……はい」

兄の言葉は絶対だ。

小さく頷《うなず》いた瞬間、執務室の外からこちらへ駆け寄る物々しい足音がした。ノックの後、扉が開かれる。そこには真っ青な顔をした兵士が立っていた。

「大変です！　白虎《びゃっこ》の赤子が連れていかれたとのことです！」

「警備していた人間はどうした」

兵士は強張った顔で首を横に振る。俺はすべてを悟り、気を引き締める。

ウェストリィング王国で管理している白虎の赤子が、密猟者によって誘拐されたのだ。おそらくこれも隣国オズベロンが関わっている可能性が高い。

「わかった。すぐ行く」

国王に頭を下げて部屋を出ていこうとすると、「クリス！」と呼び止められた。

振り返り、国王に視線を向ける。

「頼む。無理だけはしないでくれ」

「わかりました」

力強く国王の目を見たのち、執務室を飛びだす。素早く装備を整えて城を出ると、先陣として集まった騎士団の兵士とともに馬に跨《またが》った。

ウェストリィング王国には、聖獣である白虎がいる。白虎は昔から天空の西の守護神として崇《あが》められ、我々人間と共存してきた。近年では、白虎の赤子は貴重だ。せっかく生まれてきても、母親から育児放棄されて命を落としてしまうこともある。そのため、生まれた赤子は国として管理する仕組みができたのだ。

だが、隣国には白虎がいない。そのため、こうやって白虎の赤子を盗み、秘密裏に高値で売買するのだ。さらには、白虎が成長して手に負えなくなれば、無慈悲に命を奪ってしまう。

そのような悪行、到底許されることではない。

「一刻も早く、白虎を見つけるぞ!」

森は広い。密猟者がどこにいるのかわからない以上、手分けして捜す必要がある。ともに行く兵士たちに指示を飛ばし、ふたりひと組みとなり分かれて探索を続ける。

俺は、腹心でもある副団長のネイトとともに森の奥に馬を走らせていく。

しばらく行くと、国境付近がひどく騒がしい。怒声が響くほうへ馬を向けたところで、闇の中にうずくまる人影を捉《とら》えた。

「クリス団長! 密猟者はあちらへ逃げました……!」

そう声を上げたのは、大きな木の下に座り込み左腕を押さえる騎士団の仲間・フォゼットだった。副団長のネイトとともに馬を降りて近づくとあちこちに傷を負い、出血しているのがわかった。

「大丈夫か？」

「はい。あと一歩のところで奴らを逃がしてしまいました……。私が不甲斐ないせいで、すみません」

腕の傷はそれなりに深そうだが、意識ははっきりしており致命傷にはならないだろう。けれど、出血量が多い。急いで止血をする必要がある。

「ネイト、フォゼットのケガの手当てを。俺は密猟者を追う」

「わかりました。手当てが終わり次第、後を追います」

「頼んだぞ」

馬に跨ると、フォゼットが俺を引き留めた。

「待ってください！　私は大丈夫です。密猟者は複数人いました。いくら団長でも、おひとりでは危険です！」

その間に副団長のネイトは自身のベルトを外し、フォゼットの左腕をきつく締めて止血をし、他の傷の状況を確認する。普段は軽口を叩く能天気な奴だが、いざというときはとても頼りになる。フォゼットのことは心配だが、ネイトに任せておけば大丈夫だろう。

「フォゼット、お前は最近、子供が生まれたばかりだろう。父親になにかあったら家族が路頭に迷う。今は俺より自分のことを心配しろ」

足で馬の腹にトントンッと合図を送ると、馬は阿吽《あうん》の呼吸で駆けだした。可哀想に、白虎は無事だろうか。聖獣を簡単に盗られては国の威信に関わる。それはつまり、国王の地位を揺るがしかねない事態に繋がるのだ。

噂話に耳を傾けず、俺を差別しないで信じてくれた兄の役に立ってみせる。そのためにも、必ず白虎を取り戻す。

しばらくすると、暗闇の中にランタンのオレンジ色の光が複数見えた。馬から飛び降り、手綱《たづな》を木に括《くく》りつけ、木々の間をぬうように走る密猟者たちを追いかける。この辺りの森の地形はすべて頭に叩き込まれている。

「待て！」

目前に近づいた背に向けてそう叫ぶと、男たちは慌てふためき蜘蛛《くも》の子を散らすように逃げていく。

その様子を素早く観察すると、一心不乱に走る密猟者の中で、ひとりだけ明らかに足取りの遅い人間がいた。

どうやら白虎を抱えて逃げているようだ。少しずつ距離が詰まっていく。焦った男は木の根に足を引っかけて、バランスを崩し転倒した。

男は白虎を左腕に抱えたまま地面に尻をつき、ズリズリと後ずさる。荒い呼吸が静かな森に響く。

「ここまでだ。諦めて白虎を返せ」

冷ややかに吐き捨てて、剣先を男の喉元に突きつける。男から白虎を取り返したのち、こいつ以外の残党も見つけだして依頼主が誰なのかを尋問しよう。

「くそっ」

男が悔しそうに奥歯を鳴らした瞬間、ジタバタと身をよじっていた白虎が男の腕からするりと抜け、短い足で駆けだした。

助けにきた俺とは、反対の方向へ逃げていく白虎。

予想外の白虎の行動に気を取られたことで、相手に一瞬の隙を与えてしまった。男が素早く右手を腰に回す動作を見せる。

「死ぬぐらいなら、そいつも道連れだ！」

素直に白虎を渡しさえすれば、男の命を奪う気はなかった。けれど、やけになった男は血走った眼で素早く短剣を抜き、白虎に襲いかかる。

「やめろ!!」

剣を振るよりも先に体が動く。守るように手を伸ばして白虎を抱きしめると、男の短剣が鋭く、俺の右前腕を抉《えぐ》った。

それでも素早く立ち上がり体勢を整えていると、暗闇の中から密猟者の仲間が三人姿を現した。

「ははは、ざまあみろ！　ここまでなのは、お前のようだ」

背後から現れた仲間に気付き、目の前の男は短剣を握りしめながら俺を嘲笑《あざわら》う。

屈強な体つきの男たち。密猟者のほとんどは元騎士だ。騎士階級の行動規範を破った荒くれ者が盗賊や密猟者となる例は多い。目の前の男の動作からしても、戦い方や武器の扱いに慣れている様子が見て取れた。他の男たちもおそらく例外ではない。

「白虎をよこせ。そいつのために命を落とすのは惜しいだろう？」

前方と左右の三方を囲まれ、圧倒的に不利な状況に追い込まれる。

敵は四人。

自分ひとりの身を守るだけならば、たいしたことはない。

だが今は左腕で白虎を抱えながら、傷ついた右腕だけで戦わなければならない。

「断る。なにがあろうと、お前たちに白虎は渡さない」

確固たる意志をもって答える。もしもここで奴らに負ければ、白虎は連れ去られ、俺は命を奪われる。

背後から襲われないように大きな木の幹の近くまで、じりじりと後退する。すると、木々の葉が風に吹かれて音を立てた。

「ミャー！」

白虎が鳴くと、その葉音は徐々に大きくなる。

「悪あがきはやめろ。どうせお前は、ここで死ぬんだ」

剣の柄を強く握り、呼吸を整えて意識を集中させる。

臨戦態勢に入ると男たちは一斉に剣を構えた。

白虎を抱く腕に力がこもる。

男たちが一度にこちらに駆け寄り、剣を振り下ろす。

「ミャー！　ミャー！」

再び白虎が鳴き声を上げた。次の瞬間、なにかが破裂したかのように青く眩《まばゆ》い光が闇を切り裂いた。

「くっ……。なんだこれは……。くそっ、目がやられた……！」

密猟者たちは目を押さえて、その場にうずくまる。

なにが起こったのかわからず混乱していると、突如その光は俺と白虎を包み込んだ。

途端、体から急激に力が抜けて白虎を抱えたまま地面に倒れ込む。

空には大きな満月が浮かんでいる。必死になって腕の中の白虎を抱きしめる。まるで水中にいるかのように音が濁《にご》り、目の前が霞《かす》む。どこかへ吸い込まれていくような、不思議な感覚だ。

「――クリス団長!!」

誰かが、俺の名を呼ぶ。

力を振り絞り声のするほうへ手を伸ばすと、俺はそのまま意識を失った。

第二章　運命の巡り合い

「現在の医療では、瀬野《せの》さんの病気を治すことはできません」

先月、家の近くの診療所で書いてもらった紹介状を持って来院した大学病院。検査結果を聞きに再来すると、医師は困惑した表情で「これだと断言できる病名はありません」と告げてきた。ただ、似たような病気はあり、おそらくはその病の一種らしい。

だとすると、完治はおろか寛解《かんかい》も望めないようだ。

今は普通に生活できているものの、ある日を境に一気に病状は進み、それからほどなくして死に至るという。

「そう……ですか」

涙ひとつ見せず、気丈に医師の話に耳を傾ける。

ひとりで説明を受けにきた事情や心境を慮《おもんぱか》り、中年の看護師が鼻をすりながら優しく私の背中を摩《さす》る。

医師は私が理解しやすいように、難しい医療用語をわかりやすく説明してくれた。

寛解の期待できない延命治療か、残りの短い時間を自分らしく過ごしていけるようにアプローチするターミナルケアか。

医師の説明を聞くまでもなく、私の中で答えは決まっていた。

自分の考えを告げると、医師は今後の方針などをさらに丁寧に説明してくれた。

「では、また明日の午後お待ちしています。お気をつけて」

私は医師と看護師に深々と頭を下げて診察室を後にした。

会計待ちで茶色い長椅子に座り、渡されたパンフレットにぼんやり視線を落とす。

【あなたらしく。これからの過ごし方について】

私は延命ではなく、ターミナルケアを希望した。延命治療をして少しでも長く生きたとしても、それを喜んでくれる家族はもういないのだ。

予兆はあった。告知を受けて動揺はしたものの取り乱すことなくいられたのは、そのおかげだ。

子供の頃から、疲れやすく体力のない体質だった。

高校卒業後、動物病院で働きはじめてから六年。ここ最近、体調不良は顕著となり、急きょ休みをもらい紹介状を持って、大きなこの病院を受診した。

その結果がこれだ。

会計を済ませ、重たい体を引きずるように出口に向かう。時刻は十六時。三時間も院内の硬いソファに座っていたのだ。疲れるのも無理はない。

外に出ると、病院の敷地内にある満開の桜の木のそばにいる親子連れに目がいった。

三歳くらいの娘を桜の木の下に立たせ、母親がしゃがみ込んでスマホを構える。

顔をくしゃくしゃにして、小さい指で可愛らしく顔の横でピースサインをする娘。

写真を撮り終えた母親は娘に穏やかな眼差しを向け、愛おしそうに微笑む。

ああ、どうしてこんなときに思い出すのだろう。

ずっと押し殺してきた両親への想いが急に湧《わ》きあがり、私は足早に幸せそうな親子の横を通り過ぎる。

十二歳。小学六年生のとき、私は当たり前の幸せを突然失った。

獣医師だった父と優しかった母が失踪《しっそう》し、天涯孤独の身になってしまったのだ。いまだになんの音沙汰《おとさた》もなく、両親がなぜ私を残していなくなったのか、その理由はわからないままだ。

それからほどなくして、父方の遠い親戚だという家に引き取られ、育ての両親と三歳年下の義妹との、四人での生活がはじまった。

その暮らしは苦労の連続だった。

失踪した両親は、金目の物をなにひとつ家から持ちだしてはいなかった。だからその資産があれば、私は成人するまで不自由することのない生活ができるはずだった。

しかし、残された両親の貯金や金品はすべて育ての親に取り上げられてしまい、義妹と差別されて、酷い扱いを受けて育った。『アンタのせいで生活費がかさむのよ』と嫌味を言われ、高校時代はアルバイトに明け暮れ、稼いだお金のほとんどを養母に渡した。

私が十八歳になると、育ての親は行政からの助成金を受け取れなくなった。金の切れ目が縁の切れ目。用なしとなった私は高校卒業と同時に家を追いだされた。

そして二十四歳の今、医師に宣告をされた病院からの帰り道。道端に咲く黄色い菜の花が風に揺れている。その様子に、思わず足を止めた。

幼い頃、私は父と母と三人で手を繋いでよく散歩に出かけた。母は花が好きだった。一緒に花を愛でながら、笑顔で言葉を交わした。そんな私たちを見て父は優しく微笑み、穏やかな眼差しを向ける。家族三人で過ごした、幼き頃の幸せな記憶が蘇《よみがえ》りかけたときだった。

それを切り裂くように、バッグの中のスマホが震えた。

相手は養母だった。私は足を止めたまま、スマホを耳に当てる。

「もしもし」

『あ、リサ？　今からうちに来てちょうだい』

「これからですか？」

高校を卒業してからずっと疎遠になっていたのに、今頃になって家に来いなんてどういう風の吹き回しだろう。

『そうよ。アンタに話があるの。必ず来なさいよ』

私が答える前に、電話は一方的にきられた。

心身ともに疲れ果てていたものの、バッグにスマホをしまい、自宅とは反対側にある最寄り駅に向かって歩きだす。

両親の突然の失踪により私を引き取り、育ててくれた養父母。つらい思いもたくさんしたけれど、十八歳まで一緒に生活してくれた恩もあり、無下にはできなかった。

駅に着き、下り電車に揺られてさらに歩くこと十五分。隣の市にある育ての親の家に着いた。

二階建てのレンガ調の洋風な一軒家。玄関まで、緩いS字カーブのアプローチが続いている。しかし立派な建物とは異なり庭の芝生は伸び放題で、シンボルツリーのソヨゴは黒点病におかされ、葉は真っ黒だ。

「入って」

インターホンを押してまもなく、玄関扉が開いた。最後に会ったときよりもふくよかな体型になった養母が、顔を覗《のぞ》かせる。

以前は平屋の古い貸家に住んでいたのだけれど、私を引き取り手狭になったという理由で、立派な一軒家を建てた。そのお金の出どころは、間違いなく失踪した両親が残していった資産だ。

「おじゃまします」

玄関の三和土《たたき》には、履き潰されて黒ずんだスニーカーや派手なヒール靴などが散乱しており足の踏み場もない。仕方なく、履いてきた靴を隅っこに並べる。

この家を出てから六年。

以前から乱雑だった室内は、さらに物が増えて荒れ果てていた。

埃《ほこり》と髪の毛まみれの廊下を歩き、洗濯物が干しっぱなしになっているリビングに入る。真っ白だった壁紙はタバコのヤニで黄色く汚れ、通販の段ボールが未開封のままあちこちに転がっている。

【重要】や【至急開封】と赤字で印字された督促状《とくそくじょう》らしき封書は封も開けられず、テーブルに積み重なっていた。

私はダイニングテーブルに、養母と向かい合って座った。

「これ、よかったら食べてください」

「お煎餅《せんべい》？　センスがないわねぇ。どうせなら洋菓子がよかったわ」

急きょ駅前で買ってきた手土産を私から受け取ると、養母は興味なさげに積み重なった書類の束の上に放り投げた。

「それで、話というのは？」

「実はね、アンタにいい縁談があるのよ。お父さんの会社の元請けの息子なんだけど、アンタのことを今すぐ嫁にもらいたいって言ってくれてるの。ちょっと待って。写真があるはずよ」

前屈みになり、テーブルの上の書類をゴソゴソとかき分けて写真を捜す養母。

ヨレヨレで首元の伸びきったロンT。

その首につけられたペンダントに目が留まる。首にかけられた茶色い革紐《ひも》には、青い石の飾りがぶら下がっている。

両親が失踪した後、自宅の庭に落ちていた物だ。当時、養母はそれを私の持ち物の中から目ざとく見つけ、すぐさま取り上げた。そして妙に気に入ったらしく、ずっと好んで身につけている。

「ああ、あった！　この人。結構いい男でしょ」

写真には、色黒で濡《ぬ》れ髪の男性が写っていた。

肌の色とは対照的に、形のいい歯は不自然に真っ白だ。

どこかの海で撮った写真だろうか。サーフィンボードを片手に、反対側の親指を立ててポーズを決め、ウインクしている。

背は高くがっちりとした、四角張った筋肉質の体躯《たいく》だ。

「どうしてこの人が私を?」

訝《いぶか》しく思いながら問う。聞けば、相手は池崎《いけざき》コーポレーションというそれなりに大きな会社の御曹司らしい。

「アンタが高校卒業したときにお父さんが記念にって写真を撮ったの覚えてる? それを見せたらひと目で気に入ってくれたみたい。アンタの複雑な生い立ちを知っててもぜひ嫁にと言ってくれてる、男気のある人よ」

たしかに卒業式のとき、家の前で一枚だけ写真を撮ってもらった記憶がある。けれど、その写真をわざわざ取引先の息子に見せるという行為に違和感を覚える。なにかしらの思惑があるとしか思えない。

「お金もあるし、結婚相手として申し分ないわ」

養母は身振り手振りを加えて、縁談相手がどれだけ好条件でいい男なのかを説いた。

けれど、その必死さが逆に私を不安にさせる。

「話はわかりました。ですが、そんなに好条件のお相手ならどうして実の娘の彩香《あやか》ではなく、私なんでしょうか？」

「雄一郎《ゆういちろう》さんが、アンタを気に入ったからよ」

養母は私と目を合わせず、シレッと答える。

「本当にそれだけですか？」

再度尋ねると、養母は決まりが悪そうにテーブルの上のタバコをくわえ火をつけた。

「今、お父さんの会社が色々大変なの。アンタが彼と結婚すれば、うちは池崎グループの一員になれるし、そうなれば安泰なの」

学生時代から、養父の会社の経営が火の車だということはなんとなく察していた。今までは失踪した両親の貯金でなんとかやりくりしてきたようだけれど、それも尽きたのだろう。

私が結婚して親族となることで池崎家から資金援助を受け、傾きかけた会社を立て直す策略のようだ。

「結婚後は、あっちの両親と同居になるわ。それと、彼には寝たきりのお祖母さんがいるらしいの。今後も自宅で介護する予定らしいから、アンタは仕事を辞めて専業主婦になりなさい」

結婚後、家事と介護に追われ自由のない生活を強いられるのは目に見えていた。好きで結婚する相手なら、まったく問題はない。しかし……。

そうか。だから愛娘の彩香ではなく、私に白羽の矢が立ったのか。

「申し訳ありませんが、その縁談はお断りします」

「断る？　アンタが？　身寄りのないアンタを引き取って育てた恩を、仇《あだ》で返そうって言うの？」

養母のたるんだ目の下は怒りで小刻みに痙攣《けいれん》していた。それでも私は揺るがない。

「結婚は、好きな人としたいんです」

「わがまま言うんじゃないわよ。アンタに縁談を拒否する権利はないの」

互いに一歩も譲らない。一瞬、縁談を断る口実に病気のことを話そうかと頭を過《よぎ》る。けれど、寸前のところで考え直す。

養父母は昔からお金にがめつい。

大企業の池崎グループとの結びつきを得るためなら、どんな手だって使うだろう。

私が病気で余命わずかだと知れば、そのことを縁談相手に伝えず、逆に婚姻を急ごうと画策する可能性が高い。池崎グループの一員になれれば、私が死のうが生きようが構わないはずだ。

私にとってなにより怖いのは、今の自由な生活を奪われることだった。

「縁談の日程が決まったら、また連絡するから」

私の言い分になど一切耳を傾けず、一方的に話を進める養母との会話は平行線のままだった。これ以上、なにを言っても無駄だ。

家の外に出ると辺りは真っ暗だった。空を見上げる。まん丸と大きな金色の月が闇の中に浮かびあがっている。

再び駅まで歩き電車に乗り込み、自宅のある最寄り駅で降りる。とぼとぼとした足取りで歩く私を満月が追いかけてくる。

自宅は、私が勤務する動物病院と同じ敷地内にある。獣医師の父が失踪するまで経営していた動物病院。そこは現在、父の親友が引き継いで院長をしている。

今日聞いた医師の話では、私の病状はいつ悪化してもおかしくないらしい。

それならば、すぐにでも仕事の後任を探してもらえるよう、退職の申し出をしなければと考えた。腕時計の針は十九時半を指している。今ならまだ、院長は動物病院に残っているだろう。

自宅のある敷地前に着くと、家の奥の西側にある木のそばの暗がりに目がいく。

暗闇に一点、ぼうっと青白く光るなにかが見えたような気がした。

不思議に思いその場所にじっと目を凝らすと、光はすぐに消えて見えなくなった。

気のせいだったのかと思っていた矢先、ふたつの目がキラリと光った。

「猫……？」

呟《つぶや》くと、暗がりの中からなにかしらの動物が、よたよたとこちらに向かって歩み寄ってきた。警戒しているのか、一歩一歩確認するように距離を詰めてくる。

「大丈夫だよ。おいで」

優しく声をかけながら地面に膝をついて体勢を低くして、そっと手のひらを差しだす。三メートルほどの距離まで迫ったとき、バチッと目が合った。逃げていってしまうかと思った瞬間、白い毛並みの小動物は目をまん丸にして尻尾をピンッと立たせると、こちらに向かって駆け寄ってきた。

「わっ！」

勢いよく飛びつかれて思わずその場に尻もちをつく私に、体を何度も擦《す》り寄せてくる。ふわふわの毛並みにコロコロとした小さな体。懐っこい姿が可愛らしくて頬を緩ませながら頭を撫《な》でたとき。

「た、大変！」

白い毛に血のようなものが付着していることに気付く。

私はすぐさま小さな体を抱いて、自宅の敷地内にある動物病院に駆け込んだ。

ちょうど院内の片付けをしていた院長で獣医師の田中《たなか》先生にわけを話すと、すぐに診察をしてもらえた。五十代後半で背が高く恰幅《かっぷく》のいい先生の見た目は、まるで熊のようだ。けれど性格は柔和で、丸メガネの奥のぱっちりした二重の目は、ウサギのようにまん丸で可愛らしい。

小さな体を診察台にのせると、院長は訝しげな表情を浮かべた。

小動物は青い瞳をもち、白い毛に薄っすらと黒い縞《しま》模様があった。緊張しているのか、ちょこんと立った丸い耳をピクピクと動かしてそわそわしている。

暗い場所では猫かと思ったものの、どうやら違うようだ。それでも、院長は動じることなく丁寧に動物の診察をしてくれた。

「大丈夫。この子はケガをしていないし、大きな問題はないようだ。少し脱水症状を起こしているから、点滴をしておいたよ」

「よかった……。ありがとうございます」

ホッと胸を撫で下ろして院長にお礼を言う。

「この子はオスで、生後一か月ほどだと思う。体の柄は白虎としか思えないけど、あれは希少な個体だから……ここの庭にいたんだよね？　動物園から逃げだしたなんて報道は聞かないし、野生の白虎がいるなんて到底考えられない。だとすると、新種の猫なのか……。すまない、僕の勉強不足だ」

　疲れてしまったのか、診察台の上でスヤスヤと無防備に眠る小動物を院長は愛おしそうに撫でた。

「先生」

　私はこのタイミングで、院長に退職を申し出ることにした。

「実は今日、病院で余命があまり長くないと医師から話がありました。先生には色々お世話になっているし、本当に心苦しいんですが……退職させてください。もちろん、私の後任が決まるまでは勤務します」

「え。そんな……まさか」

　愕然《がくぜん》とした様子の院長に、私は詳しい話をした。院長は神妙な顔で頷きながら、最後まで黙って聞いてくれた。その間も目を潤ませ、必死に涙を堪えるようにグッと奥歯を噛《か》みしめていた。

　院長の背後の壁には【生きることを諦めない、諦めさせない】という手書きのメッセージが貼られている。それは、学生時代に獣医師になると志したときからの信念らしい。

「今は医学も発展しているし、救える命も増えた。セカンドオピニオンという手もある。僕の知人の医師にも話を聞いてみるよ」

「ありがとうございます」

自分のことのように私を心から心配してくれる院長に、胸が熱くなる。

父の古くからの親友だった院長とは幼い頃から面識があり、我が子のように可愛がってもらった。

両親の失踪後、院長は近くに身寄りのいない私を気にかけて、引き取って育てると申し出てくれた。けれど『行政からの助成金を狙っている』と言う、後に私の育ての親となる遠い親戚の猛反対に遭い、断念した。

それならばと、家や動物病院を売ろうと画策していた育ての親を説得し、毎月多額の賃料を払い自宅と動物病院のあるこの土地を維持してくれている。

育ての親の家から追いだされた後、かつて両親と三人で暮らしていた家に戻ってこられたのは院長のおかげだ。さらに、院長の計らいで高校卒業後、動物病院で受付や診療の補助としてずっと働かせてもらっている。

「後任の心配はしないで。リサちゃんがここで働く前はひとりで切り盛りしていたし、問題ないよ。だから今は自分の体のことを第一に考えて。退職ではなく、ひとまず休職扱いにしておくから」

「でも……」

戸惑う私の言葉をかき消すように、院長は明るい調子でこう言った。

「なんと言っても、リサちゃんはここに来る動物たちのアイドルだから！　リサちゃんが相手をしてあげると、みんな嘘みたいにとっても元気になるんだよね。だから動物たちのためにも、どうにかしてよくなって、戻ってきてくれなくちゃ」

温かい気持ちに胸が熱くなる。院長は、真っすぐに私を見つめる。

「僕は、リサちゃんを自分の娘のように思ってる。僕にできることなら、なんでもするから」

「本当にありがとうございます」

院長に励まされ、お礼を言う。

「ただ、この子をどうするか考えないと。まだ赤ちゃんだし、誰かがお世話をしないといけない。僕が連れて帰ってもいいんだけど、今は自宅に末期がんの犬がいるから。新しい子が来ると、ストレスがかかっちゃうな……」

「私が面倒をみます」

「リサちゃんが？」

いつになく積極的な私の様子に、院長が少し驚いた表情をする。

「はい。こうやって出会えたのも、きっとなにかの縁だと思うんです。ただ、私が動けなくなったそのときは……」

「わかった。そのときは僕が責任をもってこの子のお世話をする。約束するよ」

心強い院長の言葉に感謝し、私は気持ちよさそうに眠る小さな体を胸に抱きしめて動物病院を後にした。

敷地内にある木造二階建ての一軒家に入り、リビングに向かう。

この子は人懐っこいから、もしかするとどこかで飼われていて迷子になってしまったのかもしれない。けれど今は飼い主を探すことより、弱っているこの子が元気になるのが先決だ。

ただ……不思議と私は、この子が自らここに来てくれたような気がしてならない。

「もふもふしててホント可愛いなぁ。もふもふの男の子だから……〝モフオ〟って名前にしよう」

眠るモフオを柔らかいラグマットの上に寝かせる。額を毛並みに沿って指でゆっくり撫でると、モフオは夢見心地に「もっとやって」と言わんばかりに顎を突きだす。

その愛くるしい寝顔に胸をギュッと鷲掴《わしづか》みにされる。可愛い姿を写真に残そうとバッグの中のスマホに手を伸ばそうとしたとき、リビングの窓の外から金属がぶつかり合うような音がした。

音は南側の掃き出し窓に繋がる、タイルデッキのほうからする。恐る恐る立ち上がり、窓に近づいていく。レースのカーテン越しに、黒い大きな影が見えた。

「田中先生……?」

院長が来たのかとカーテンを開けると、目の前には銀色の鎧《よろい》を纏った背の高い男性が立っていた。あまりの驚きに状況が理解できず、目を見開きあんぐりと口を開ける。

男性は腕と膝を金属製の防具で覆い、マントのような青い紋章入りの軍衣を羽織って、黒いブーツを履いていた。まるでファンタジーの世界から飛びだしてきた騎士のような出で立ちだ。

それ以上に驚いたのは、そのあまりにも美しい容姿だ。

艶《つや》やかな黒髪に透き通った翡翠色の瞳。スッと通った鼻筋に形のいい唇。

あまりにも現実離れしたその姿に、私は息をするのも忘れて男性を食い入るように見つめた。

ずいぶんと凝ったコスプレをしているようだけど、どうしてそんな人が我が家に……？　ていうか、そもそもこれって不法侵入では？

ようやく脳が状況を認識できるようになったとき、男性が室内を覗き込んで目を見開いた。そして、敵意丸出しの目で私を睨《にら》みつけて、窓ガラスを乱暴に叩く。私は驚き、一歩後ずさる。

男性は窓越しになにかを叫んで室内を指さした。その先には、ラグマットの上で眠るモフオがいる。

「もしかして……」

そこでようやく悟る。彼はモフオの飼い主で、モフオを捜していたのかもしれない。もしかして、私がモフオを誘拐したと誤解をして怒っているんじゃ⁉

反射的に窓を開けると、男性は窓を手で押さえつけて叫んだ。

「お前は何者だ！　我が国の聖獣を今すぐ返せ！」

彼は断固とした口調で言うと、なんの躊躇《ちゅうちょ》もなくフローリングに土足のままズカズカと踏み入ってきた。

「ま、待ってください！　セイジュウってなんですか？」

「とぼけるな！　お前は白虎を連れ去ってきているだろう！」

背の高い彼を驚いたように見上げる。

「そ、それって、モフオのことですか？」

「モフオとはなんだ！」

威嚇《いかく》するように叫ぶと、男性は腰にある鞘《さや》に納めた剣の柄に、素早く右手をかけた。

「全部、誤解です！　私はモフオを連れ去ったわけでは……！」

「くっ……」

けれど、男性が剣を抜くことは叶わなかった。表情がわずかに歪《ゆが》む。よく見れば、右前腕から血が滴《したた》っている。

「ケガしてるじゃないですか！　早く止血しないと！」

自然と手を差し伸べると、男性は「さわるな！」と叫び、敵対心を露《あら》わにして鋭い視線を向ける。

すると、ピリピリとした空気を切り裂くように「ミャー」という可愛らしい声がした。振り返ると、目を覚ましたモフオがよたよたと短い足でこちらに近づき、私の足にスリスリと体をこすりつけてきた。

「よし、こっちへ来るんだ」

男性が手を伸ばすと、モフオは威嚇するように耳を下げて低い唸《うな》り声を上げた。まだ小さいせいで迫力はないけれど、私を守るように男性との間に割って入る。モフオの様子を見るなり、彼は混乱したように視線を左右に動かした。

「この短時間で、どうやって白虎を手懐けたんだ。それに、ここはどこだ。俺は夢を見ているのか……？　いったい、どうなってるんだ……」

私がモフオを抱き上げるのを目の当たりにして、先ほどまでの威勢は消え失せ、うろたえはじめる。彼が何者なのかはわからない。おかしな格好はしているけれど、もう我が家に足を踏み入れている。やれやれと私はある提案をした。

「ひとまず、傷の手当てをしましょう。もしもおかしなことをしたら、すぐに警察を呼びますから」

『警察』という言葉を出して牽制《けんせい》するも、男性には響かなかったらしい。ブーツを脱ごうともせず、ズカズカとリビングを歩き回る。

「お願いですから、家の中では靴を脱いでください。それから、その鎧もとってもらえますか？」

男性は私を警戒しながらも鎧や腕の防具などを外し、フローリングに置いた。見るからに重量のありそうな装甲はあちらこちらに傷があり、使い込まれた跡が見て取れた。

今のコスプレイヤーは、ここまで細部にわたってこだわるのだろうか。

装具の下には鎖製の、半袖の帷子《かたびら》を着ている。

高校時代、世界史の授業で習った記憶がある。たしか、鎧の中に着る防具服の一種だ。我が家は東京の隣県にある。もしかすると、近くでコスプレのイベントでもあったのだろうか……？

剥《む》き出しの男性の腕を、私はまじまじと見つめた。右前腕には、鋭利な刃物でつけられたような深い裂傷がある。それ以外にも、あちこちが古傷だらけだった。傷の手当てをしようと、モフオをフローリングに下ろす。モフオはいまだに彼を警戒しているのか、私の後ろからチラチラと顔を出しては様子を窺《うかが》う。

「どうしてこんなケガを？　救急車を呼びましょうか？」

男性に尋ねる。けれど、彼の意識は違う場所にあった。うわの空で部屋の中を不思議そうに見回し、ひどく落ち着きがない。

「ここはいったい、どこなんだ」

「え……？」

「キュウキュウシャとはなんだ。聞いたことがない」

「救急車を知らないんですか？」

困惑する。ケガは腕だけではないのだろうか。外傷はないものの、なんらかの事故などに遭い脳に深刻なダメージを負っているのだとしたら、この不思議な言動にも納得がいく。

「ここはなんという国だ」

「日本ですが」

「ニホン？　そんな国は聞いたことがない」

「じゃあ、あなたの住んでいる国はどこなんですか？　それに、お名前は？」

「俺はウェストリィング王国の騎士団長、クリストフェル・テイラーだ」

胸を張り勇ましく名乗る彼に、目が点になる。コスプレをしている間はその役になりきる、本格派なのだろうか。それとも、やっぱりどこかで頭を打った？

「え？　騎士団長のク、ク、クリストフェ、フェル……」

「クリスでいい」

じれったそうに言うクリス。彼が日本を知らないというように、私も彼の語る国を知らない。

「私は瀬野リサです」

「セノ・リサか。珍しい名前だ。しかし、ここはどこなんだ。俺の住む国……いや、世界とは、なにもかもが違う」

「ちょっと待ってもらえますか？　今、調べます」

私は足元のバッグを引き寄せてスマホを取り出すと【ウェストリィング王国】と【クリストフェル・テイラー】の名前を検索した。ここまでコスプレを極めている人ならば、ネットでなんらかの情報がヒットするだろうと考えた。

けれど、どちらも検索ワードには引っかからない。

「その、手に持っている四角い板はなんだ。それで、なにか調べられるのか？」

怪訝《けげん》そうな表情で私の手元を見つめる彼に、スマホをかざす。

「これがなにかわからないんですか？　スマホですよ」

国内のスマホ普及率は高いし、使っていないにしても、これがなにかを知らないとは考えづらい。

「スマホ？　我が国では聞いたこともないし、見たこともない。その板で、他にはなにができるんだ」

「大体のことならできますけど……」

「それならば、国同士の行き来もできるのか？」

「それはちょっと……。飛行機や船のチケットを手配することはできますが」

彼は「船はわかるが……ヒコウキ……？」と首を傾げてぐるりと室内を見渡す。

「この館の中には妙な物がたくさんある。あの薄くて黒いものはなんだ。それに、壁面につけられている白い箱も」

「黒いのがテレビで、壁についているのはエアコンです」

「なんだ、それは」

眉間の皺《しわ》をさらに深くするクリス。テレビやエアコンをなんだと聞かれても、こちらが困る。

他国の人なのかとも思ったが、彼はとても流暢《りゅうちょう》に日本語を喋《しゃべ》る。こんなに話せるのに、日本の文化の知識がゼロだなんていうのは無理がある。

もし仮に、彼が健忘症などの病気を患い記憶を失っていたとして……スマホだけでなく、飛行機や救急車、室内の家電製品も知らないなんてことがあるのだろうか。

「あの、やはり一度病院で診てもらったほうが……」

私の中で、彼がコスプレイヤーであるという線は消えた。

「俺はおそらくこの世界の住人ではない。隣国の密猟者に切りかかられた後、意識を失い目が覚めたらこの世界にいた」

神妙な表情で噛みしめるように言うクリスに私は困惑する。彼の言い方にはなんの淀《よど》みもなく、嘘をついている様子もない。ネットで国の名称を検索しても出てこないなら、それは、その国がこの世界には存在していないということを意味している。

となると本人の言葉どおり、彼は異世界からやってきた可能性がある。

とはいえ、すぐには信じられない。

「ひとまず話はわかりました。なんにせよ、今はそのケガをなんとかしないと。ここに座ってください」

私はクリスをソファに座るように促し、救急箱を手に彼の元へ戻った。

「なぜ助けようとするんだ。俺は剣の柄に手をかけ、お前を傷つけようとした男だぞ」

「でも、しませんでしたよ」

「それはお前も知ってのとおり、負傷している右腕が痛んだからだ」

それにしても、異世界からやってきたというクリスの完璧な日本語には、あらためて驚かされる。互いの常識は通じ合わないけれど、言葉での意思疎通はできるということか。

「私はご覧のとおり、武器も腕力もない人間です。あなたが本気を出せば、たとえ腕をケガしていたとしても、私をあの場で傷つけることは簡単だったはず。それに、今だってあなたは私に危害を加えようとはしていない。そうでしょう?」

右前腕の傷を消毒して傷口にガーゼを当てる私を、クリスは黙って見つめた。指先がクリスに触れる。その体は明らかに熱を帯びている。

「体温を測らせてください。おでこに、この機械を近づけます。痛くはありませんのでご安心を」

非接触式の体温計を額にかざすと、三十八度だと表示された。やはり熱がある。

「こんな一瞬で、さわりもせずに体の熱がわかるだと？　この世界はいったい、どうなっているんだ。これが夢なら、どんなにいいか……」

どうやら、クリスの頭の中はパンク寸前のようだ。額に手のひらを当てて、ため息を吐く。

「ひとまず傷の手当てはしました。出血はほとんど止まりましたが、熱があります。しばらくは安静に過ごしてください」

救急箱を片付け、キッチンへ行く。冷蔵庫の中から冷えたミネラルウォーターを出すとそれをコップに注ぎ、クリスの元へ運んだ。

「水です。よかったら飲んでください」

コップを受け取ったものの、彼はすぐに飲もうとしない。なにか異物を入れられていないか、警戒をしているようだ。

騎士だと名乗る彼は、こんな状況下に置かれても至極冷静だった。

「一応言っておきますが、ただの水です」

彼は私を射貫くような、鋭い視線を投げかけた。私も動じずに彼の目を見つめ返す。

きっと彼は飲まないだろう。

親切心で行ったこととはいえ、自分の軽率な行為を反省していたとき。

「……ありがとう」

ぶっきら棒にお礼を言い、彼は喉を鳴らして水を飲んだ。

「の、飲んで大丈夫だったんですか？」

「ただの水だと言ったのは、お前だろう？」

「まあ、そうですけど……」

彼の動じぬ物言いに気圧されて頷く。

「ちなみに、これから行く当ては……ないんですよね？」

「ああ。今、ここがどこで自分がなにをしたらいいのかもわからない」

彼が深くため息を吐いた。その表情は渋く、重大な問題に頭を抱えている様子が見て取れた。痛々しい表情に、胸がちくりとする。

「……わかりました。ひとまず今日はうちに泊まってください」

見知らぬ男性を家に上げ、傷の手当てをしただけでなく、泊まらせるなんてありえない。頭ではわかっていたけれど、どうしても彼を放っておくことができなかった。

「それはダメだ。見ず知らずの男を家に泊めるなんて、危険な行為だ！」

クリスは、とんでもないというように硬く真剣な表情で私に助言する。

「あなたは、私に危険なことをするんですか？」

「バカな！　俺は騎士道に反することはしない」

「だったら、あなたが私を信じてくれたように、私もあなたを信じます。だから、今日はうちに泊まってください」

「俺を信じるだと……？」

「はい」

ムキになって言い返してくるクリスにふっと微笑む。目が合うと、彼はなぜか少し照れくさそうにして顔を背けた。

リビングの隣にある客室に来客用の布団を敷き、クリスを連れていく。

彼はリビングに入ったときと同じように、まずは部屋の中をひと通り見渡す。初めて見たという布団に横になるよう促して、部屋を出た。

この日、私は夜通しでクリスの看病をした。

傷口に菌が入ってしまったのか、クリスの熱は三十九度を超え、整った顔を苦しそうに歪ませていた。

早くよくなりますように。

そんな願いを込めて彼の腕に手をやると、じんわりと手のひらに熱を帯びた。

額の汗を冷えたタオルで何度も拭《ぬぐ》う。時計の針は夜中の三時を過ぎている。私の疲労はピークに達していた。

少しだけ休もうと、リビングに向かいソファに腰かける。ラグマットの上にいたモフオが私に気付いてソファに前足をかけ、ぴょんっとジャンプしようとした。けれど、足が短くてうまく登れない。もしもソファで一緒に寝て、落ちてしまったら大変だ。

私はラグマットの上にクッションを置き、それを枕代わりにして体を休めた。

「おいで。一緒に寝る?」

モフオはミャーと可愛らしい声で答えると、私のお腹にくっつくように横になる。

もふもふとした柔らかい背中の毛を撫でつけると、自然と頬が緩む。なんて可愛いんだろう。今日は色々なことがあってひどく疲れた。それでも、モフオがこうやって寄り添っていてくれることで心が癒やされる。

温かいモフオの体をギュッと抱きしめると、あっという間に夢の中に吸い込まれていった。

第三章　互いの事情

夢を見た。幼い頃、母が寝る前に読み聞かせてくれた手作りの絵本。

『その国では、人間と神の使いである動物が仲良く暮らしていました』

母の声が私の耳に優しく溶けていく。

ああ、ずっと母の声を聞いていたい。このままずっと……。

「……はっ！」

ガシャンッという大きな物音で飛び起きる。一緒に寝ていたモフオがいない。寝ぼけ眼で立ち上がり部屋を見回した瞬間、私は固まった。リビングの観葉植物が倒れ、土が床に散乱している。

「まさか、モフオが？　モ、モフオ！　どこにいるの？」

昨晩はあんなにいい子だったのに、こんな悪戯をするなんて。

躾《しつけ》の大切さは、動物病院に勤務してから強く実感していた。

以前、初めて動物を飼ったという若い女性が子犬を連れて予防接種にやってきた。院内を自由に走り回らせていた彼女に声をかけて、躾はきちんとしたほうがいいとアドバイスしたものの、「押さえつけるなんて可哀想。私はのびのび飼ってあげるって決めてるの」と聞く耳をもたなかった。

数か月後、彼女は心底困り果てた様子で動物病院を訪れた。顔には明らかな疲れが見て取れた。話を聞くと、ペットに家中をグチャグチャにされて手に負えないのだという。可愛いと思っていたペットへの愛情が失われていくのが怖いと話す彼女に、私は躾の仕方を教えてくれる専用のトレーナーを紹介した。

それから彼女は躾の大切さを痛いほど実感したようだ。定期通院で顔を合わせたとき、ありがとうとひたすら感謝された。

動物が人間と安心して暮らしていくためには、きちんと躾けていく必要がある。もちろんモフオも例外ではない。名前を呼ぶと、キッチンからモフオがひょこっと顔を出した。

「ミャッ」

私の姿を見るなり、まるで「おはよう」と挨拶するように鳴く。

「おはよう。これ、倒したのモフオでしょ？　ダメよ」

観葉植物と私の顔を交互に見つめて、モフオはキッチンに姿を隠してしまった。もしかしたら、いけないことをしてしまったと反省しているのだろうか。ちょっと言い方が強くて、可哀想だったかな……。

「モフオ、こっちにおいで」

優しく呼ぶと、私の言葉がわかるみたいにキッチンから飛びだして、短い足で懸命に駆け寄ってきた。モフオのあまりに従順で可愛らしいその姿にキュンッとして、観葉植物を倒したことなんて頭から一瞬で消え去る。

けれど、よくよく見ると口になにかをくわえている。

「ちょっ！　それって私の靴下！」

どこから持ってきたのか、三角折りにたたんだ私のお気に入りの靴下をご機嫌な顔をしてくわえている。

「これは、モフオのおもちゃじゃないのよ」

取り返そうとしてもよほど気に入ったのか、頑《かたく》なに返してくれない。仕方ない。この靴下はモフオのおもちゃにしよう。靴下を噛んで遊ぶモフオになすすべはなく、私はやれやれとため息を吐く。

「さっきの物音はなんだ！」

すると、クリスが険しい表情でリビングに飛び込んできた。部屋とモフオの様子を見て瞬時に状況を察したのか、「お前か」と呆《あき》れたように呟いた。

「おはようございます。体調はどうですか？」

「ああ、すっかりよくなった」

「一応、傷の消毒をしましょう。ここへ座ってください」

モフオが散らかした部屋をそのままにクリスの腕の傷を確認する。すると、傷が驚くほどよくなっていた。体温も問題ないし、顔色もいい。数時間前まで、あんなに苦しそうにしていたのが信じられない。

「すごい回復力ですね。とにかく、大事に至らなくてよかったです」

ホッと胸を撫で下ろしたとき、クリスが突然眉間に皺を寄せて顔を歪めた。

「くさい」

一瞬、なにを言われたのかわからずフリーズする。

「えっ？　わ、私ですか？」

反射的に自分の体の匂いを嗅《か》ぐ。でも、昨日はクリスの看病の合間にシャワーを浴びたし……。

「違う。アイツだ」

クリスが指さす方向には、モフオがいる。

そのすぐそばの床に目を向けて、ハッとする。

昨日は疲れていたせいもあって、モフオのトイレ問題にまで気が回らなかった。

すっきりしたのか、再びモフオが元気いっぱいに室内を駆け回る。踏まれて大惨事になるのは火を見るより明らかだ。

「ダメダメ！　モフオ、ちょっとジッとしてて！」

私は慌ただしく、モフオの排せつ物を片付けた。

そして簡易ではあるけれど、トイレの設置をする。「次からは、ここにするんだよ」と言い、先ほどのモフオの排せつ物を、あえてシートの上に置いてみせる。わかっているのかいないのか、ふんふんと鼻を鳴らしてにおいを嗅いだモフオは、ひと声「ミャッ」と鳴いた。

その後、散らかった部屋を整理して、ソファに座り動物病院から持ってきた動物用のミルクを哺乳瓶に入れて飲ませる。上手にできるか心配したけれど、意外にも器用に飲んでくれて安心した。

「ずいぶん白虎の扱いに慣れているな。お前はこの国の調教師か？」

ソファのそばにあるダイニングテーブルの椅子に腰かけて、クリスが尋ねる。

「動物病院で働いています。簡単に言うと、動物の病気やケガの治療をお手伝いするお仕事です」

「なるほど。だから、扱いがうまいのか。白虎は警戒心が強く、威嚇して噛みつくこともある」

「そうなんですね。モフオは懐っこい子なのかな」

クリスは椅子から立ち上がると私たちに近づき、ミルクを飲むモフオの顔を覗き込み、そっと指を伸ばす。その瞬間、モフオは哺乳瓶の乳首をくわえたまま前足でペシッとクリスの手を叩いて威嚇した。

「まったく。可愛げのない奴だ」

クリスが再び椅子に腰かけるのを確認して安心したのか、モフオは私を見上げて甘えるように「ミャー」と鳴く。

「はいはい。もうちょっと飲もうね」

鳴き声に応えるようににっこり微笑むと、再びモフオの口元に哺乳瓶を近づけた。

ミルクを飲み終えると、モフオは私の腕の中で居眠りをはじめた。その愛くるしい寝顔をずっと眺めていたい気持ちをグッと堪え、モフオを床に敷いた毛布の上に寝かせてキッチンへ立つ。

朝食には、焼き鮭《じゃけ》と卵焼き、それになめこの味噌《みそ》汁と炊き立てのご飯を用意した。

ダイニングテーブルを挟んで向かい合って座る。お箸だけでなく、フォークやスプーンなどのカトラリーを並べると、クリスは箸を手に取り首をひねる。

「この棒はどうやって使うんだ」

「それは、お箸です。日本ではこうやって食事を食べます」

箸の使い方を見せる。クリスは箸を手に取り、味噌汁のなめこを挟もうと試みる。

けれどなめこはヌルヌル滑り、うまくいかない。しばらく悪戦苦闘した後、ようやく上手に掴めた。

「難しそうに見えたが、意外に簡単だったな」

心底誇らしげな表情のクリスと目が合う。けれど口に運ぶ寸前で、なめこをポトリとお椀の中に落としてしまった。気まずそうに慌てて目を逸らすクリスに、思わずブッと噴き出す。

「すべての料理に箸を使うわけではありませんから、無理しないで使いやすいものを使ってください」

なにより、なめこを掴むのは日常的にお箸を使う日本人でも、難易度が高い。

「いや、それがこの国の文化ならそれに従うまでだ。絶対にこれを使いこなしてみせる」

クリスは根っからの負けず嫌いらしく、真剣な表情で箸の練習をはじめた。要領のいい彼はその言葉どおり、すぐにコツを掴んで器用に箸を使いこなして食事をとった。

「美味かった。この恩は必ず返す」

食事を食べ終えたクリスはお礼を言うと、あらたまった表情でテーブルの上に広げた手を組んだ。その表情につられて、私も椅子に座り直して背筋を伸ばす。

「昨日も話したように、俺はウェストリィング王国の人間だ。自分でも信じられないが、なにかのきっかけで白虎と……、モフオと一緒にこの世界に転移してしまったようだ」

「モフオと一緒にですか？」

「ああ。俺の住む世界では隣国との争いが絶えない。我が国の聖獣である白虎を盗み、高値で売り飛ばす不届き者もいる。モフオも隣国の密猟者に連れ去られてしまった。それを助けようと戦っているとき、モフオとともに青い光に包み込まれて気付いたらこの世界にいたんだ」

クリスは淡々とここに来るまでの経緯を話した。ウェストリィング王国で団長として騎士団を束ねていたクリス。自分がいなくなったことで騎士団の統制が取れなくなることを心配していた。さらに、もしもそれが隣国の人間の耳に入れば、絶好の機会だと隣国の兵士がウェストリィング王国に攻め入るかもしれない。

「俺は国や民のために、少しでも早く帰らなくてはいけない」

彼は切実な表情を浮かべる。自分のためではなく、国や民を守るために帰りたいという理由から、彼の騎士としての責任感の強さが窺える。

「こんなことを頼むのは心苦しいんだが、俺とモフオが国へ帰れるよう協力してもらえないだろうか。俺には今、お前……リサ以外に、頼れる人間がいない」

「話はわかりました」

真っすぐに目を見つめ、硬い表情のクリスにそっと微笑む。

「クリスとモフオが国に帰れるように、できる限り協力します。この家に一緒に住んで、手がかりを探しましょう」

「ありがとう。恩に着る」

クリスはその場で小さく頭を下げる。

「ただ、ひとつだけ心配なことがあるんです」

「心配？　言ってくれ。もし俺にできることならなんでもする」

私は小さく首を横に振り、膝の上の両手をギュッと握りしめた。

「実は私、病気なんです。あまり長くは生きられないと、昨日医師に言われました」

「なっ……」

感情を顔に出すタイプではないように見える彼ですら、私の言葉が衝撃的だったのか目を見開き、その場に固まった。なんと言ったらいいのか、考えあぐねているようだ。

「今は普通に生活できていますが、いつ動けなくなるかはわかりません。だから、国へ帰れる方法を見つけるまで生きていられるかが心配で」

協力するとは言ったものの、もしもそれを達成できなければクリスとモフオを路頭に迷わせてしまう。それだけが唯一の心配事だった。

「……すまない。知らなかったとはいえ、病身に負担になることを押しつけようとしてしまった。先ほどの頼みは無効だ。忘れてくれ」

「いえ、無効にはしません。もう引き受けたことなので」

私ははっきりと答えた。彼に無理強いされてはいない。そうすると決めたのは私だ。

「だが、我々に協力すれば貴重な時間を無駄にすることになるぞ」

言い聞かせるように言う彼に、私はにこりと笑う。

「そんなふうに思っていたら、最初から協力するなんて言いません。私が生きている間に、あなたとモフオにはできる限りのことをしてあげたいんです」

「なぜ見ず知らずの俺たちに、そこまでしてくれるんだ」

信じられないというように尋ねるクリス。

「私があなたと同じ状況になったら、不安で心細いと思うんです。その気持ちがわかるから」

両親が失踪して、ひとりぼっちになってしまった心細さは年月が経っても心の中に色濃く残っている。

私には院長という心の支えがいたけれど、クリスとモフオにはいない。

だから、今度は私が誰かのためになにかをしてあげたい。

支えてあげたいと思った。

それに、きっとこうやって出会ったのもなにかの縁だと思うから。

「本当にいいんだな？」

「はい」

決意を込めて大きく頷く。

この日から、私とクリスとモフオの、不思議な同居生活がはじまった。

第四章　不思議な同居生活

朝食後、私はクリスにお風呂に入るよう促した。

話を聞くと、クリスの住む国にもお風呂に入るという文化はあるらしい。ひと通り使い方の説明をするため、服を着たまま一緒に浴室に入る。

両親が家を建てたとき、私はまだ幼かった。そのため、家族みんなでゆっくり入れるようにと浴室は広く設計されている。

「ずいぶん広いな。それに、知らないものがたくさんある」

見るものすべてが目新しいらしく、興味津々のクリス。バスタブにお湯が溜《た》まっていくのを不思議そうに眺めている。

「お風呂のお湯はリビングにあるスイッチを押せば、自動で沸きます。それと……」

「これはいったいなんだ」

そう言ったクリスが、シャワーヘッドを手に取り止水ボタンに指をかけた。ふとあることに気がつく。普段ならばカランのレバーで水栓を閉めるため、ボタンを押しただけでは水は出ない。けれど、昨晩は水栓を閉めた覚えがない。

「ダメ！　お、押さないで！」

叫んだ瞬間、シャワーの水が彼の前にいた私に降り注いだ。

「つ、冷たい」

「すまない！」

頭からまともに冷水のシャワーを浴びてずぶ濡れになってしまっている私に謝りながら、クリスは慌てた様子で止水ボタンを押した。水が止まり、ホッとする。

「びしょ濡れになっちゃいました」

とんだハプニングだったけれど、冷静なクリスが慌てている様子が少しおかしかった。髪についた水を手で払い、彼を見上げる。

すると、クリスの視線がある一点に釘《くぎ》付けになっていた。

視線を追うと、それは私の胸元に注がれている。

ルームウェア代わりに着ている白いロンTが水に濡れて、肌に張りついていた。

そのせいで、ブラジャーの色だけでなく胸の谷間や形などが、はっきりとわかるぐらいに透けてしまっている。

「やっ！　見ないで！」

「わ、悪かった。そんなつもりはなかったんだが、視界に飛び込んできて自然と目がいってしまった」

慌てて胸を隠すと、クリスは申し訳なさそうに謝る。あまりの恥ずかしさに火を噴きそうなほど顔が熱くなる。慌てて浴室から出ようとしたとき、足がつるっと滑った。

「わっ！」

一瞬の出来事で、体勢を整えることはできなかった。

後方に倒れそうになりギュッと目を瞑《つむ》ると、「リサ！」という声の後、背中に腕が回った。信じられないほどの強い力で体をグッと引き寄せられ、後頭部を守るように手が添えられる。

「大丈夫か？」

「は、はい」

浴室の床に後頭部や背中を打ちつける危機は脱したものの、私はクリスの腕の中で抱きしめられて固まった。

これ以上ないぐらいに、ピッタリと密着し合う互いの体。

「本当に平気なのか？　顔が真っ赤だぞ」

私の体を解放すると、クリスが不思議そうに尋ねる。

異性と抱き合うことに対してなんの抵抗もないのか、それとも女性慣れしているのか。いや、むしろ私になんの興味もないからなのか、クリスは一切動揺している様子がなく、平然としている。

男性に抱きしめられた経験など一度もない私は、体を離した後も自分とは違うクリスの体の大きさや温もりに、しばらくドキドキと胸を高鳴らせ続けた。

結局、風邪を引いたら大変だとクリスに言われ、先にお風呂で温まらせてもらうことにした。家で朝風呂に入ることは滅多にない。目を瞑り、大きく息を吐く。とんだハプニングはあったものの、クリスのおかげで新鮮な気持ちでゆったりと湯船に浸かることができた。

私と入れ替わりでクリスがお風呂に入っている間に、二階に上がり両親の部屋のドアノブを握った。

途端に胸の中がずっしりと重たくなる。

部屋の中の荷物は両親がいなくなった後もそのまま残してある。今でも心のどこかで、両親が再び家に戻ってくるのを期待しているのだ。そんな叶いもしない願いをもち続けるだけ無駄だと、何度自分を戒めたことか。

けれど、どうしても両親が私を捨てて姿を消したと思いたくなかった。この扉を開けたら、心の奥に閉じ込めている両親への想いが溢《あふ》れてしまいそうで怖い。

それでも、私は意を決して部屋の扉を勢いよく開けた。

数年ぶりに入った両親の寝室の中は少しだけ埃っぽい。ウォークインクローゼットを開けてクリスが着られそうな洋服を探す。けれど、どれもデザインがどことなく古くておじさんくさい。これならば、私が持っているオーバーサイズのパーカのほうがまだましだ。仕方なく父の新品の黒いスラックスだけを引っ張り出し、浴室に持っていった。


「ぷっ」

着替えを終えてリビングにやってきたクリスを見て、私はたまらず噴き出した。

脚の長いクリスが父のスラックスを穿《は》くと、足首が丸見えでつんつるてんだった。また、私にはオーバーサイズのパーカも、筋肉質なクリスが着るとなんだか窮屈そうに見えた。

「なぜ笑うんだ。なにかおかしいことがあるのか」

私の反応にクリスは不服げに尋ねる。どこか照れくさそうで、その表情もまた笑いを誘う。

「ぷっ……。おかしくはありません。でも、明らかにサイズが合っていないので明日にでも買いにいったほうがよさそうですね」

弁明すると、私はウェストリィング王国に戻る方法を探すため、ダイニングテーブルの上にノートパソコンを広げた。

「それはなんだ」

「パソコンです。インターネットというもので、色々な調べ物ができます。スマホと同じです」

クリスは私の横にダイニング用の木の椅子を移動させて座ると、パソコン画面を覗き込んだ。

「調べ物ができる……。使い方を覚えれば、俺にも使いこなせるか？」

「もちろんです。ただ、その前に文字を覚える必要があります」

日本語はペラペラと話せるのに、読み書きはできない。先ほどリビングにあった雑誌が読めるかどうかを確認したときに、それが判明した。

「文字か……。悪いが教えてくれないか？　覚えはそれなりにいいほうだ」

「わかりました」

ノートパソコンをクリスの前に移動させる。

クリスの国では、ドイツ語とよく似たアルファベットのような文字を使用しているらしい。

自分で覚えがいいと自負するのも頷けるぐらい、たしかにクリスは要領がいい。あっという間にアルファベットを覚えたところから察するに、かなり頭もいいようだ。

パソコンの基本的な操作もすぐにマスターし、私にあれこれと質問をしつつ、両手の人さし指を使って一生懸命パソコンの検索ワードに文字を打ち込んでいく。

その隣で私はスマホ画面と睨めっこをする。ウェストリィング王国へ戻る方法を探すために思いつくキーワードを検索していくも、なかなか手がかりは掴めない。

それはクリスも同じだったようだ。

「そういえば、こっちの世界で目を覚ましたとき、最初にいた場所はどこか覚えていますか？　そこへ行けば、なにか手がかりが掴めるかもしれません」

慣れない作業に疲れた様子で首をグルグル回すクリスに尋ねる。

「なるほど。そうだな」

私たちは外で手がかりを探すことにした。

玄関には、クリスが履いていたロングブーツが置いてある。いちいち履き替えて外に出るのは大変だ。でも、あいにくクリスに貸せるサイズの靴は我が家にはない。自分のブーツを履こうとする姿を見かねて、ベランダに置いてあったサイズの大きな黒いサンダルを貸す。

「悪くない。だが、少し足が窮屈だ」

「ですね。洋服と一緒に靴も買わないと」

古ぼけたサンダルも、クリスが履くとどことなくオシャレに見えるから不思議だ。

そのとき、目を覚ましたモフオが玄関先まで駆けてきた。

「天気もいいし、モフオも外で日光浴しようか」

「ミャッ！」

足元までやってきたモフオを抱っこして、揃《そろ》って外に出る。

クリスは迷うことなく、敷地の西側にある木の下に私を案内した。

外の世界に興味があるのか、早く下ろしてとジタバタ暴れて催促するモフオを地面に下ろすと、土の感覚を確かめるようにクンクンッと匂いを嗅ぎはじめた。

「ここだ。間違いない」

庭木を見上げ、クリスは首をひねる。

「この木……、どこかで見覚えがあるような」

「トネリコですか？」

トネリコの木は濃い緑色の葉が特徴的な、十メートルほどの庭木だ。家を建てたときに一緒に植えたと、以前父が話していたのを記憶している。

「この木はトネリコというのか？」

「はい。この木の名前は両親から何度も聞いていたので、間違いありません。クリスのいた世界にも、トネリコの木があるんですか？」

「ああ。たしかトネリコの木は、世界樹と呼ばれるという話を聞いたことがある。木の根に、現実世界と異世界を繋ぐ役割があるという伝承もあるようだ」

「世界を繋ぐ……。それは不思議なお話ですね。でもこの世界のトネリコは、どこにでもある普通の木……あれ？　私もそのお話、どこかで聞いたことがあるような……」

「そうなのか？　思い出せるか？」

クリスの目にパッと希望の光が宿る。けれどそれは幼い頃の記憶で、ひどく曖昧《あいまい》だった。

「ごめんなさい。これ以上は思い出せなくて」

「いや、リサが謝ることはない」

内心では手がかりを得られずがっかりしたはずなのに、クリスはそれを一切顔に出さずに冷静に言う。

すると、突然モフオが「ミャー」と鳴いて歩きだした。なにかの匂いを探るように地面を嗅ぎながら、どこかへ向かう。私たちはモフオの後ろをゆっくりと追っていく。

モフオの向かった先は、敷地の東側だった。

西側と同じように植えてあるトネリコの木の下にたどり着くと、モフオはピタリと立ち止まる。

「これ、盾ですか？」

木の下には、金属製の頑丈な造りの盾らしきものが落ちていた。

おずおずと近づくと、クリスは盾を軽々と持ち上げた。

「ああ。この盾には我が国の紋章が刻まれている」

重厚そうな鉄製の盾は使い込まれ、複数の傷がついていた。

「これは俺のものではない。おそらく、副団長のネイトのものだ」

確信をもった口調でクリスは言いきる。

「え……。ということは、そのネイトさんも日本に転移していると？」

「わからない。しかし俺が青い光に包み込まれたとき、ネイトの声がしたので手を伸ばした。掴んだかどうかは定かではないが、一緒に転移してしまった可能性はゼロではない。ただ、盾だけが飛ばされたのかもしれないが……どちらにせよ他にも手がかりがないか、少しこの辺りを探してみる」

クリスは水を得た魚のように生き生きとした表情になり、駆けだした。私はモフオを遊ばせながら、盾が落ちていた周辺になにかないか、探してみる。

「ダメだ。他にはなんの手がかりも見つけられなかった」

しばらくして戻ってきたクリスは、ほんの少しだけ残念そうに肩を落とす。

「そうでしたか……。でも盾を見つけられたのは、ウェストリィング王国へ帰るための大きな第一歩かもしれません！」

「そうだな」

励ますように言うと、クリスは少しだけ表情を緩めて頷いた。


この日の午後、予定どおり病院へ行き、医師にターミナルケアを希望すると告げた。しばらくの間は投薬と定期通院で様子をみることになり、次の予約を入れて帰路につく。家には、まだこの世界に不慣れなクリスとモフオを置いたまま。早く帰らないと、なにか困っていたら大変だ。

「っ……」

それは、突然のことだった。

家まであとわずかというところで目の前が白く霞み、息苦しさを覚えた。わずかな吐き気も込み上げてきて、立っていることができなくなりその場にしゃがみ込む。手足に力が入らない。

気を抜けばこのまま意識を手放してしまいそうだ。

背中を丸めて荒い呼吸を繰り返す。力を振り絞り時間をかけてなんとか家までたどり着くことができた。

玄関先に立ち、震える指先でバッグの中の鍵を取り出そうとした瞬間、玄関扉を隔てた向こう側からモフオの「ミャーッ、ミャーッ！」という大きな鳴き声がした。

それと同時に玄関扉が開いてクリスが顔を覗かせた。

「モフオ、どうして俺の服を引っ張るんだ。外になにかあるのか……リサ⁉」

クリスはすぐに私の異変に気付いた。足元でモフオも心配そうにしている。彼に支えられながら靴を脱ぎ、上がり框《がまち》に足をのせようとしたものの、うまく動かせない。

それどころか、ヘナヘナと力なくその場に座り込みそうになる。

すると次の瞬間、クリスは背中と膝の裏に腕を回して、私を軽々と抱き上げた。クリスの体は大きくて逞しい。そのままリビングへ向かい、私の体をいたわるようにゆっくりとソファに下ろす。

「ミャーッ」

モフオが私のそばへ歩み寄り、心配するようにまん丸な瞳を向ける。

「顔が真っ青だ。具合が悪いんだな？」

「ちょっとだけ……。でも、薬を飲めば大丈夫です」

「薬？　この中にあるのか？」

クリスがバッグを指さす。小さく頷くと、彼は薬の入った袋を取り出した。

「これの中のどれだ？」

「ありがとうございます……。あとは自分でできます」

クリスが手伝おうとしてくれているのはわかっていた。でも、今日初めてもらった薬もあり、どれを飲むのかうまく説明するのが難しかった。

「無理に起き上がろうとするな。俺が――」

ソファから体を起こそうとする私をクリスが制止する。けれど、取り出した薬剤情報の書類と薬を交互に見て、眉根を寄せた。クリスはアルファベットは完璧に覚えたものの、まだ日本語をスラスラと読めるわけではない。自分には書類に書いてあることを理解できないと悟り、複雑そうな表情を浮かべた。

「……すまない」

クリスに支えられ、体を起こして薬を飲む。

そのまましばらくソファで横になって休んでいると、症状が落ち着いた。

首をわずかに動かしてクリスの姿を捜す。

「リサ！」

ダイニングの椅子に背中を丸めて座っていたクリスが、弾かれたように立ち上がって私の前まで歩み寄る。そして起き上がろうとソファに手を突いた私の体を、そっと支えてくれた。

「体調はどうだ」

「もう大丈夫です。ご迷惑をおかけしてすみません」

「いや、迷惑をかけているのはむしろ俺のほうだ。なんの力にもなってやれず、すまない」

クリスは自分の不甲斐なさを嘆くように、押し殺した声で謝った。

「そんなことありません。クリスがいなかったら、玄関先で倒れていたかもしれません。ここまで運んでもらえて本当に助かりました」

すると、ソファの下にいたモフオが心配そうに私を見上げて、「ミャーッ！」と声を上げて鳴いた。

「モフオも心配してくれたの？　おいで」

私はモフオを抱き上げると、膝の上にのせた。モフオは嬉《うれ》しそうにスリスリと自分の体を私にこすりつける。頭をナデナデすると幸せそうに目を細めるその表情に、私まで幸せな気持ちになり笑みが零《こぼ》れる。

「ひとりだったら、不安に押し潰されそうになっていたかもしれません。クリスとモフオがいてくれて、本当によかった」

それは本心だった。昨日、余命宣告を受けたにもかかわらず塞《ふさ》ぎ込まずにいられるのは、クリスたちがいてくれるおかげだ。

「一緒にいてくれて、ありがとうございます」

「それは、俺とモフオのセリフだ」

クリスに笑顔を向けると、彼は面食らったような表情でやれやれと息を吐いた。

翌日、昼食を食べ終えた後、私たちは隣町にある大きな商業施設へ向かうことにした。

午前中に庭で遊んで疲れて眠ってしまったモフオには、お留守番をしてもらうことにした。目が覚めても危険がないよう、自由に動き回れるくらいの大きなケージに入り、今は夢の中だ。トイレも水も準備した。あとは……。

「モフオ、いってくるね」

無防備におへそを上にして寝る姿が人間っぽい。お気に入りの私の靴下を、モフオのそばに置いて家を出る。

ふたりで歩いてバス停に向かう途中、クリスはせわしなく視線を辺りに走らせた。

「あれは、なんだ？　中には人が乗っているようだが……」

「車です。ちなみに、あそこを走っているペダルを漕《こ》いで動かす乗り物は、自転車といいます。前者は馬車、後者は馬のようなものです」

「なるほど。この国には、便利なものがたくさんあるんだな」

ただ道を歩くだけでも、クリスにとっては珍しいものばかりで目を引くらしい。

バス停で待っていると、予定時刻ピッタリにバスがやってきた。先に乗り込む私の後をクリスが追いかけてくる。車内はそれなりに混雑していた。空いている席に前後で座る。足の長いクリスはちょっぴり窮屈そうだ。

「これは、乗り合い馬車のようなものだな？」

得意げな顔で聞くクリスの表情が微笑ましくて、思わず笑顔になる。

バスに揺られてしばらくすると、私の前の席で抱っこされている赤ちゃんが、大きな声で泣きだした。生後半年ほどだろうか。ぷくっと肉づきのいい足をパタパタと動かしている。

「よしよしっ。もう少しで着くからね」

母親は抱っこ紐の中でぐずる赤ちゃんを小声でなだめたり、背中をポンポンと優しく叩いてご機嫌をとる。それでもおさまらず、車内に赤ちゃんの鳴き声が響き渡る。

「うるせぇぞ！」

すると、車内に男性の怒声が轟《とどろ》いた。声のしたほうに視線を向けると、通路を挟んで反対側に座っていた六十代くらいの男性が、憎々しげに母親と赤ちゃんを睨みつけている。

「赤ん坊なんてバスに乗せるから、こうなるんだ！　今すぐ静かにさせろ！」

「す、すみません！」

母親が上ずった声で謝り、頭を下げる。男性はそれでも怒りがおさまらない様子で、腕を組んで椅子にふんぞり返る。車内はピリピリとした重苦しい空気に包み込まれる。

赤ちゃんは母親の焦りを感じ取ってか、さらに大きな声で泣く。

涙目の赤ちゃんと目が合った。

私はとっさに後ろの席で「いない、いない～ばあ！」と言って、思いきり変顔をしてみせた。

赤ちゃんは驚いたように目をぱちくりすると、にこりと笑みを浮かべる。何度かやると、母親が振り返った。ちょうど変な顔をしている瞬間を見られてしまい照れ笑いを浮かべると、「ありがとうございます」と目を潤ませてお礼を言われた。

「いえ。ちなみに、どこの停留所まで行かれるご予定ですか?」

「隣町の介護施設なので、あと三つです。そこで暮らす祖母に、この子を会わせてあげたくて」

「なるほど。じゃあ、もう少しですね」

その後もあの手この手で赤ちゃんの気を引こうとしたものの、長くはもたない。再び泣きだしてしまった赤ちゃん。また怒鳴られるかもしれないと焦る母親にチッと舌打ちした後、男性が叫んだ。

「今すぐにガキを黙らせろ! 迷惑だ!」

小刻みに貧乏ゆすりをして全身から怒りのオーラを放つ男性。

車内には複数の人間がいた。

窓際のスーツ姿の気弱そうな男性は関わり合いたくないのか目を背けて俯《うつむ》き、若い女性ふたり組は互いに目を見合わせて困ったように顔を歪める。母親と赤ちゃんを守ってあげたくても、とっさに手を差し伸べるのは簡単なことではない。

「ご迷惑をおかけして、すみません。次のバス停で降ります……。本当にすみません……」

声を震わせて謝る母親の姿にたまらなくなる。目的地の最寄りではない停留所で降りたら、次のバスが来るまで長い時間待たなくてはいけなくなる。

男性のことは怖い。危害を加えられるかもしれないという恐怖心はある。けれど、誰かが声を上げて、母親と赤ちゃんを守るべきだ。私は覚悟を決めた。

「あの――」

「一番うるさいのは貴様だ」

すると、私の言葉に被せるように、押し殺した低い声がした。

振り返ると、クリスが男性に鋭い視線を向けていた。そのあまりの迫力に車内の空気がひりつく。

「子は国の宝だ。うるさいと思うなら、貴様がここから消え失せろ」

「なっ、なんだと……⁉　若造が……！　誰に向かって口をきいてんだ！」

男性が目を血走らせ、唾を飛ばして叫ぶが、クリスは一切怯《ひる》むことなく言い返す。

「貴様が誰か知る必要などない。だが、自分より弱い者にしか優位に立てない卑怯《ひきょう》で浅ましい人間だということは知っている」

「この野郎！　次で降りろ！　ボコボコにしてやる！」

興奮した男性が顔を真っ赤にして身を乗りだすと同時にクリスは立ち上がり、男性の席まで歩み寄り行く手を塞いだ。

「なっ、なんだ。やんのか、こら！」

背が高く肩幅も広いクリスは、相当な威圧感があるはずだ。それに男性が腕を振り上げて叩くような素振りを見せて威嚇しても、表情を変えず微動だにしない。

ぴっちりとしたパーカの上からは、筋肉の隆起がよくわかる。男性はクリスの腕を見て、ごくりと唾を飲み込んだ。

「貴様だって本当はわかっているのだろう？　俺には勝てないと」

「なっ……」

クリスの言葉に男性がたじろいだ瞬間、私は「警察に通報します！」と叫んだ。

「なっ、警察だと？」

呼ばれてはまずい事情でもあるのか、男性の顔が一気に強張る。すると、先ほどまで俯いていたスーツの男性が私の声に加勢するように意を決して立ち上がった。

「さっ、さっきボコボコにしてやるって言いましたよね？　それは脅迫です。運転手にも話をしてきます」

信号待ちでバスが止まると、足早に運転席へ歩み寄り、運転手と言葉を交わすスーツの男性。

「バカ言うな！　俺は脅迫なんてしてないぞ！　証拠もないだろ」

すると、若いふたり組の女性がスマホを構えながら「あたしたち、さっきの全部撮ってましたから！」と叫ぶ。他の乗客がクリスの声に鼓舞され、勇気を出して母親と赤ちゃんを守ろうと一致団結する。

「チッ、クソが」

男性は苛立ち、降車ボタンを連打する。そして数分後にバスが停留場に着くと、気まずそうな様子でクリスを押しのけて、逃げるようにバスを降りていった。

「ハァ……。よかった」

安堵《あんど》のため息を吐くと、前の席の母親が「ご迷惑をおかけしてすみません。ありがとうございます」と周りの乗客に頭を下げた。男性が降りたことで車内の空気が和らぐ。

「もう大丈夫だ」

自分の席へ戻る途中、クリスは赤ちゃんの頭を大きな手で優しく撫でる。赤ちゃんがクリスを見上げてふわっと笑うと、クリスもそれに応えるようにわずかに表情を緩めた。

「さっきのすっごくカッコよかったです！　あんな場面でも一切動じないなんて、さすが騎士ですね。痺《しび》れちゃいましたよ」

バスを降りてすぐの場所にある商業施設へ向かう途中、私は興奮気味に言った。あの後、母親と赤ちゃんは無事にバスを降り、私たちは手を振って別れた。

「……なんか怒ってます？」

クリスのお手柄だと褒め称《たた》えたのに、なぜかさっきからクリスはしかめっ面だ。不思議に思い、顔を覗き込みながら尋ねる。

「怒っているわけじゃない。ただ、リサは逃げ場のない場所で男に言い返そうとしていただろう。俺がいたからよかったものの、無鉄砲すぎるぞ。怒って危害を加えられたらどうするんだ」

「だって、あんなふうに怒るのって理不尽じゃないですか。赤ちゃんが泣くのは当たり前のことだし、今すぐ黙らせろなんて無茶です」

クリスがその場に立ち止まった。私もつられて立ち止まる。クリスは澄んだ翡翠色の瞳を私に向ける。吸い込まれてしまいそうなほど綺麗なその瞳から目が離せない。

「もちろん、あの男は悪い。だが、俺はリサが傷つくところを見たくない」

見つめ合い一切の淀みもなく確かな口調で言う彼に、心臓がトクンッと小さな音を立てる。

「自分のことを、もっと大切にしてくれ」

「わ、わかりました」

ストレートな言葉が胸を打つ。彼の言葉には嘘も打算もなく、ただ私のことを心配してくれているのが伝わってきた。小さく頷くと、クリスは満足したように硬い表情を解いた。


私たちは人気のアパレルショップや飲食店がテナントとして入っている商業施設に足を踏み入れた。店内は平日ということもあり、それなりに空いていた。私はクリスを男性に人気のアパレルショップへ連れていく。その店には、洋服だけでなく靴やバッグなどの服飾雑貨や下着類も取り揃えられている。

店内に入ると、すかさず若い女性店員が「いらっしゃいませ」と声をかけてきた。けれど私の隣にいたクリスに視線を向けた瞬間、わかりやすく固まった。そして瞬きもせず、彼に見惚《みと》れ棒立ちになる。

無理もない。私だっていまだにクリスのあまりに整ったその容姿に慣れない。

言葉を失う彼女の気持ちは痛いほどわかった。

「彼に似合う服や靴を一式、揃えたいんですが」

「は、はい。承知いたしました。こ、こちらへどうぞ」

今、クリスは窮屈そうなパーカに足首が見えたスラックス。それに古ぼけたベランダ用の黒いサンダルを履いている。

店員はその全身をあらためて見て、今度は別の意味で言葉を失っていた。

店内には豊富な種類の洋服がディスプレイされている。サイズ展開も広く、これならば長身のクリスでも安心だ。

彼からのリクエストで、私の好みに合わせたシンプルな服を数着選んで試着してもらう。モデルのように手足が長いクリスは、どの服も完璧に着こなした。

「どれも、とってもよくお似合いです！」

店員が目をキラキラと輝かせて、お世辞抜きにベタ褒めする。

「ですが、今着ていらっしゃる物よりさらにおススメがありまして。私が選んだ物なのですが、こちらのほうがお客様にお似合いになるかと思います。一度試着していただけませんか？」

「いや、これがいい」

クリスが即答する。

「こちらも、お似合いになると思うのですが……」

店員が持ってきた服を頑なに拒むクリス。店員がチラリと私に目を向ける。私はすかさずフォローを入れることにした。

「私が選んだ服よりも店員さんが選んでくれた服のほうが流行をおさえているし、オシャレだと思いますよ？」

「俺は、リサが選んでくれた服がいいんだ」

一度言いだしたら聞かない性格のクリスは、最後まで店員の服を受け取ろうとせず、試着室を後にした。

数日分の服や下着などを選びレジへ向かう。ここまで着てきた服とサンダルを着替え、新しい服に身を包んだクリスはさらに磨き上げられたように輝いている。

「ご購入ありがとうございます。もしよろしければ、会員登録はいかがでしょうか？」

店員がにこやかに言うと、クリスが「カイイントウロク？」と不思議そうに首を傾げる。

クリスと至近距離でバチッと目が合い、店員は口をモゴモゴさせる。

「え、えっと、ここのバーコードを読み取っていただけたら、すぐに登録できます」

「バーコード？」

意味がうまく伝わらずじっと顔を見つめるクリスに、彼女は焦りと恥ずかしさから顔中に熱を灯らせ、それがまた焦りを招いて「じ、次回でも構いませんので。またよろしくお願いします！」と早口で言って、赤い顔でクリスに紙袋を差しだした。

店を出ると、次は一階にあるペットショップ専門店に向かう。事前にネットで目星をつけていた猫用のペットベッドを、買い物カートにのせる。モフオはまだ赤ちゃんだし、おもちゃがあったら喜びそうだ。白虎がなにで遊ぶのかはわからない。ネコ科の動物なので、猫じゃらしやボールなど、楽しく遊べそうなものをいくつか購入することにした。モフオが遊ぶ姿を想像するだけで、自然と顔が綻《ほころ》ぶ。

買い物を終えるとクリスに声をかけてトイレへ向かう。夕方の買い物時間帯ということもあり、トイレには列ができていた。仕方なく最後尾に並び、順番待ちをする。

しばらくしてトイレを出ると、両手にたくさんの荷物を持つクリスは見知らぬ女性たちに囲まれ、声をかけられていた。

その女性たちの他にも、足を止めて遠巻きにクリスを眺めている人の姿もある。長身であの容姿だ。目立つのも無理はない。

けれど当のクリスは一身に受けた視線や言葉などはまったく気にしていないようで、キョロキョロと辺りを見回して落ち着かない様子だった。

あの輪に近づいていき声をかけるのは、なかなかに勇気がいりそうだ。そんなことを考えていると、クリスが私に気付いた。

すると、彼は周りの女性たちには目もくれず小走りで私に駆け寄り、心配そうに顔を覗き込んだ。

「遅かったな。また具合が悪くなったのかと思って、心配していたんだ」

彼の表情からは焦りの色が感じられた。

「トイレが混んでいて。待たせてしまってすみません」

「そうか。なにもなかったならいいんだ。どこかで倒れたかもしれないと思うと、いてもたってもいられなくなった」

クリスの言葉に心の中の火がポッと灯ったように温かくなる。こんなふうに心配して駆け寄ってくれるクリスの存在が、今の私には本当にありがたい。

「すみません。荷物、私も持ちます」

そっとクリスのほうへ手を差しだすと、「大丈夫だ」と断られてしまった。

「でも、全部持ってもらうのは……」

「これぐらいなんてことはない。モフオも腹を空かせているはずだ。そろそろ帰ろう」

「そうですね」

揃って歩きだすと、そばにいた女性たちがクリスを目で追う。視線には気付いているはずなのに、クリスがそれを気にかける様子は一切ない。

私はバス停までの道のりを歩きながら、何気なくクリスに尋ねた。

「クリスは、ウェストリィング王国でお付き合いしている女性はいるんですか？」

「いないが、なぜ急にそんなことを聞くんだ」

「すごくモテそうなのに、意外ですね。さっきも女性に声をかけられてましたよね？今もすれ違う女性からの熱い視線を感じませんか？」

「さあな。興味がない」

クリスは平然と答える。辺りは薄暗くなり、仕事帰りの会社員や学生で混雑しはじめた。

そのとき、前方からスマホ片手に歩いてきた若い男性が危うく私にぶつかりそうになった。

「リサ」

クリスがいち早くそれに気付き、私の肩を掴んでグッと自分のほうへと引き寄せる。

互いの体がピッタリとくっつき、思わず目を白黒させる。浴室で滑ったときに支えてもらったことや、気分が悪くて倒れそうになったときに抱き上げてもらったことはある。けれど、こんなふうに男性に肩を抱かれるのは初めてだし、相手は超美形のクリスだ。心臓が口から出そうなほどドキドキしている。

「ク、クリス？」

「ここは人が多くて危険だ。俺のそばを離れるな」

クリスは険しい表情で周りに鋭い視線を走らせる。このぐらいの人混みは慣れっこなんだけどな……。

「大丈夫ですよ。ひとりで歩けますから」

「ダメだ。倒れてケガでもしたらどうする」

「え？　今、なんて……？」

周りの雑音でクリスの声が聞こえずに首を傾げると、背の高いクリスがそっと私の耳元に唇を寄せた。

「俺がリサを守る」

熱い吐息に心臓がドクンドクンッと高鳴り、クリスを見上げる。その言葉どおり、真剣に私を守ろうとしてくれている真摯《しんし》な姿が胸を打つ。

彼の言動に嘘やまやかしはなく、ただ胸が締めつけられるほどのひたむきな真心が、真っすぐ私に向けられていた。

「騎士のクリスにこうやって守ってもらえるなんて、お姫様になったみたいです」

私は赤らんだ顔に気付かれないように、冗談っぽくふふっと微笑む。

「頼りにしてますね」

クリスのほうに身を預けると、私の肩を抱く手のひらにわずかに力がこもった気がした。

家に帰り食事とお風呂を済ませた後、リビングにいるモフオと一緒に遊ぶことにした。猫じゃらしにはあまり反応しなかったものの、ボール遊びは気に入ったようで噛んだり追いかけてみたりと大喜びだった。

駆け回って遊ぶモフオをよそに、クリスは真剣な表情でパソコンに向き合っている。昨晩も遅くまでリビングの電気が点いていた。自分のためではなく、国や民のために一刻も早く戻らないといけないという、クリスの責任感の強さに驚かされる。

「モフオ、そろそろ寝ようか?」

「ミャー」

人間の言葉がわかるみたいに、私の足元へやってきて抱っこをせがみじゃれつくモフオを抱き上げる。

「モフオと先に寝ますね」

「ああ。今日は疲れただろう。ゆっくり休んでくれ」

「ありがとうございます。クリスも無理しないでくださいね」

そう言って微笑むと、私はモフオを抱っこしたまま二階への階段を上がり、寝室に入った。

そのとき、ルームウェアのポケットに入れていたスマホがブーブーッと音を立てて震えた。画面には養母の名前が表示されている。

「ハァ……」

見合い話を断った後も、養母は執拗《しつよう》に電話をかけてくる。出れば見合いに応じろとせがまれるだけだと、無視することに決めた。しばらくすると、諦めたのかようやく電話は止んだ。

ベッドに横になると、モフオが私の顔に自分の額をこつりと合わせた。日が経つにつれ、モフオはさらに甘えん坊になった。まるで私をママと思っているみたいに。胸の奥がキュンッとして叫びだしたくなる。私の中にある母性を刺激される。

「あぁ、可愛い。モフオは本当にいい子だね。大好きだよ」

ふわふわとして艶やかなモフオの柔らかい毛を撫でつける。

「ねぇ、モフオ。ウェストリィング王国はどうなっているのかな？」

尋ねると、モフオはなにかを伝えるように、宝石のような青い瞳で私をじっと見つめた。

「ミャー」とモフオが鳴く。その瞬間、モフオの額に薄っすらと青い印のようなものが浮かびあがる。

「これは……？」

そっと指で撫でると、不思議な力に導かれるように意識がぼんやりとしてきた。たまらず目を瞑ると、瞼《まぶた》には見覚えのない光景が浮かぶ。

ここはどこだろう。どこかの城の謁見《えっけん》の間だろうか。天井には豪華絢爛《けんらん》なシャンデリアが吊《つ》るされている。

玉座には精悍な顔つきの若い男性が座っている。どうやら国王のようだ。金糸の刺繍のあしらわれた赤い長上着に、同色系の高級そうなマント。頭上にはふんだんに宝石の埋め込まれた金色の王冠を被っている。ダークブロンドの髪に爽やかな面貌《めんぼう》だが、貫禄《かんろく》がある。その顔はひどく険しく、なにやら大きな問題が起こっていることを感じさせる。

国王の前にいるのは、宰相らしき白髪の入り交じった黒髪の男性だ。刺繍の施されたツヤツヤと光沢のある緑色のジャケットに体のラインに沿った白いズボン。白いシャツの胸元には襞《ひだ》のついた上品な胸飾りが装飾されている。

ふたりはなにか言葉を交わしている。意識を集中させると、その会話が途切れ途切れに聞こえはじめた。

『——その話が本当ならば、クリスと白虎は……やはり、あちらの世界に行ってしまったのか……？』

国王が頭を抱えた瞬間、その光景はプツリと途切れた。

「今のはいったい、なに……？　あの人、クリスとモフオのことを知っているみたいだった……」

驚いて目を開けるけれど、モフオはいつの間にか眠ってしまっていた。額に浮かんでいた青い印も消えている。

「クリス……！」

私は寝室を飛びだしてリビングに向かい、今見た状況をできるだけ詳しくクリスに話した。

「そこは間違いなくウェストリィング王国の謁見の間だ。室内にいたのは、王である兄のエドワードと、宰相のハロルドだろう」

「あ、兄？　えっ。クリスのお兄さんって、国王なんですか？」

驚愕《きょうがく》しながら尋ねると、クリスはエドワード国王は異母兄弟であると教えてくれた。

「でも、私なんかがウェストリィング王国にいる人の会話を聞くことができるなんて、信じられません。もしかしたら、クリスとモフオのことが心配すぎて夢を見ていたのかも」

そう言って否定をすると、クリスは首を横に振った。

「いや、リサが勝手に見た夢にしては、俺の記憶とあまりに酷似しているんだ。謁見の間の様子も、国王や宰相の容姿も」

断言され、私はふとあることに気がつく。

「あの……まったく関係がないことなのかもしれないのですが、ひとつ気になることが……」

「なんだ？　どんなに細かいことでもいい。教えてくれ」

「あの光景を見る直前、モフオのおでこに薄っすらと青い印のようなものが浮かびあがったんです」

それを指で撫でると、不思議な映像が脳裏に浮かんだ。

「国の言い伝えで、白虎にはごく稀《まれ》に強力な魔力を有している個体がいると聞いたことがある。モフオがそうだとしたら、千里眼でウェストリィング王国の様子をリサに伝えた可能性がある」

納得したように小さく頷きながら、クリスが言った。

「モフオが？」

「ああ」

クリスは力強く私の目を見つめる。

「じゃあ、モフオの千里眼を通してエドワード国王と連絡を取れるかもしれませんね！」

「ああ。その可能性は充分ある」

クリスとモフオが帰れる手段が、見つかるかもしれない。

ようやく見えた希望の光に、私たちは揃って喜んだ。

第五章　掻《か》き立てられる庇護《ひご》欲　クリスside

柔らかい春風が木々を揺らした。ダイニングテーブルに広げていたパソコンを閉じて、窓を開けると大きく背伸びをする。日差しはポカポカと暖かく、花や土の混じり合ったような匂いがする。

この世界にやってきてから数週間が経ち、ようやくこの暮らしにも慣れてきた。家の中にある物の名前や使い方も覚え、生活するうえではなんの不便もない。この国は便利な物がとにかく多い。洗濯も掃除もすべて機械が行ってくれる。

しばらく外の景色を楽しんだ後、振り返ると視線の端にモフオの姿が見えた。モフオはリサが用意してくれた猫耳のついたドーム型のペットベッドの中から、警戒した様子でこちらを見つめていた。

「お前もリサがいなくて暇なのか」

声をかけても、モフオはピクッと耳を動かすだけで他にはなんの反応もしない。ただじっと青い瞳でこちらを眺めている。

昼食を終えた後、リサは通院のために出かけていった。病院までモフオと付き添うと言うと、病院に動物は連れて入れないとやんわりと断られ、留守番を頼まれた。

リサの余命が短いと聞かされたときは心底驚いた。体つきは華奢《きゃしゃ》だが、顔色もよく話し方や振る舞いにも覇気があったからだ。

けれど、玄関先で顔を真っ青にして立っているのもやっとのリサを見て、彼女が病人なのだと思い知らされた。一日三回大量の薬を飲み、苦しそうに顔を歪めても弱音ひとつ吐かず、必死に耐えているリサ。心配して声をかけると彼女は気丈に振る舞う。

本当ならば自分の体のことで精いっぱいなはずなのに、リサはいつだって俺やモフオを気にかけてくれる。

「おい、モフオ。一緒に遊ぶか？」

モフオのそばまでゆっくりと歩み寄り、腰を落とす。鼻先に指を近づけようとするとプイッと顔を逸らして、放っておいてくれというようにペットベッドの中の毛布に潜り込んで姿を隠す。

できる限りリサに負担をかけないように、モフオの世話ぐらいしようと考えたが、俺はモフオに嫌われている。何度チャレンジしても、心を開いてくれないモフオに肩を落とす。

『最初にクリスと会ったときは唸って攻撃しようとしていたけど、今はしませんよね？　少しずつモフオの信頼を得ているってことですよ』

リサの言うとおり、モフオが俺に対して攻撃的な姿勢を見せることはなくなった。元々白虎の扱いは難しく、国の調教師ですら手を焼く。特にそれが赤子ならばなおさらだ。モフオがリサに見せる態度が特別なだけだと自分を励ます。

それに、その特別な関係のおかげで、モフオを通してウェストリィング王国の様子を知ることができた。リサが見たというモフオの額に浮かびあがる青い印。再びそれが現れれば、国へ帰るための大きな足がかりを掴めるかもしれない。

そんなことを考えていると、玄関のチャイムが鳴った。

郵便物が届いたのだろうか。リサに教わったとおりにリビングにある判子を捜していると、玄関のほうからバンバンッと急かすように扉を叩く音がする。

それどころか、来訪者は玄関先でリサの名前を叫び、声を荒らげる。

急いで玄関に向かうと、騒ぎに気付いたのかペットベッドからモフオが飛びだして俺の後を追う。モフオが外に出ないように玄関の扉をわずかに開けると、それを外側から強引に開かれた。

「――遅い！　あたしを待たせるなんて、どういうつもり!?」

目を吊り上げて怒鳴りつけてきたのは若い女だった。

胸下まであるウエーブがかった金色の髪。目が合うと、女は困惑したように黒く縁取られた目を大きく見開く。

「えっ、リサじゃない……」

次の瞬間、俺の足元でモフオが体勢を低くして威嚇するような唸り声を上げた。敵意を剥き出しにして、今にも飛びかかって噛みつきそうな勢いだ。

「えっ、待って。可愛い～！　猫ちゃん？」

空気の読めない女は、モフオに手を伸ばそうとする。俺は素早く玄関の外に出て、後ろ手で扉を閉める。中からは興奮したモフオの唸り声が聞こえ、今もやまない。

「で、あなたは誰？　日本語わかる？」

瞼をギラギラと光らせて異常なほど長いまつ毛をした女は、上目遣いに俺を見上げる。女の体からは、むせ返るような甘ったるい香りがした。

「クリストフェル・テイラーです」

「よかった、言葉は通じるのね。あたしは、瀬野彩香。で、リサはどこ？　今、動物病院に聞きにいったら、しばらく仕事を休む予定だって院長が言ってたんだけど」

「リサは出かけている」

素っ気なく答えると、女は苛立ったように眉を寄せた。

「ハァ？　あの女、マジでふざけすぎでしょ。ママが何度電話かけても無視してるし。様子を見てこいって言われたからしょうがなく来たのに、無駄足じゃない。それどころか、男まで家に連れ込んでるなんて」

ブツブツと独り言のように粘着質に文句を言う女。リサと彼女がどういう関係なのかはわからないが、女がリサへの敵意を剥き出しにしているのだけは理解できた。

「で、あなたとリサの関係は？　友達？」

なんの情報も与える気はないので適当に頷くと、女は口の端をわずかに持ち上げた。

「へぇ。あなたってすっごいイケメン。モテるでしょ？　ねぇ、どこの国の人？　お仕事は？」

女は矢継ぎ早に質問し、返事をするタイミングすら与えない。

「リサみたいな女にあなたはもったいないわ。知ってた？　リサって子供の頃に両親に捨てられた可哀想な子だって」

言葉に詰まる。リサはあまり自分の話をしようとしない。広い家にひとりで住んでいるのも不思議だったが、自分から話してくれるまで触れずにいようと思っていた。

「それが……なにか？」

わずかな沈黙の後に言葉を紡いだ俺に、女は勘違いしたようだ。

「そんなあからさまに引かないであげてよ。まあたしかに、リサは誰にも必要とされない価値のない子だけど。だから、あんな子ほっといてあたしと遊びましょ？」

女は猫なで声を上げて、俺の腕に触れる。嫌悪感が全身に広がり、俺はすぐさまその手を振り払った。

「俺に触れるな」

鋭く睨みつける。拒まれた女は心底、驚いたように目を見開いた。

「あたしの誘いを断る男がいるなんて……！　あなたがリサとどういう関係か知らないけど、あたしは妹よ!?　友達の妹のことを、そんなふうに雑に扱っていいと思ってんの？　リサに言うわよ？」

妹？　意外だった。リサと女はまったく似ていない。容姿はもちろんだが、立ち振る舞いにも、似ていると思う点が見つからない。第一、この女はさっきリサには両親がいないと言っていた。そして自分には親がいるような口ぶりだ。ただ、なんにせよこの女はリサにとっていい存在だとは到底思えない。俺は動じずに答えた。

「好きにすればいい。だが、リサを傷つけるなら、たとえそれが妹でも容赦はしない」

背の低い女を見下ろす。自分が受け入れてもらえないとわかった女は、怒りで目の縁を赤く染めて唇を震わせた。

「ああ、そう。あなた、リサが好きなのね。それなら、いいこと教えてあげる。あの子には婚約者がいるのよ」

「婚約者……？」

ピクッと目の下が反応した。リサに婚約者がいるという話は初耳だ。そもそも、彼女は病気で余命が短いと聞いている。そんなリサがなぜ婚約を？

出まかせを言って俺に揺さぶりをかけるつもりなのか、それとも……。

「あははは！　その反応、やっぱり知らなかったのね！　残念でした～！」

逡巡《しゅんじゅん》していると、女は勝ち誇ったように喉を鳴らして笑った。その顔は意地悪く歪んでいる。

「実は今日も、リサにその話をしにきたの。帰ってきたら、あたしが来たって伝えておいてよね」

俺は黙って女の言葉を聞いた。リサとこの女の関係は悪い。

それどころか、妹だと名乗るこの女からはリサへの配慮や敬意を一切感じない。

リサにはなんらかの理由があり、病気のことをこの女に告げていない可能性が高い。だとしたら、俺が余計なことを言えばリサが不利になる。そう思い悔しい気持ちをグッと飲み込んだ俺は、手のひらをきつく握りしめた。

するとキーッという甲高い音が響いた。どうやらモフオが、玄関の扉を激しく前足の爪で引っ掻いているようだ。その音が不快なのか、女は顔をしかめて「ああもう、この音、無理！」と両耳を手のひらで塞いで叫ぶ。

それでも、モフオは扉を引っ掻くのをやめない。その執拗さは、リサを傷つけようとする女への徹底的な報復のようだった。

「うるさいのよ、このバカ猫！」

女は玄関扉を蹴っ飛ばすと、フンッと鼻を鳴らして逃げるように駆けていった。

女が去ると、引っ掻く音がピタリと止んだ。扉を開けて中に入ると、モフオが俺を見上げた。その顔はどこか得意げに見える。

「モフオ、よくやった」

腰を落としてゆっくりとモフオの頭に手を伸ばし、そっと耳の後ろの辺りを撫でた。ふわふわとした毛の感触が手のひらに伝わる。柔らかくて温かい。リサがモフオを撫でながら微笑む気持ちが、ほんの少しだけ理解できた。そういえばモフオにさわったのは、ウェストリィング王国で密猟者から取り返したあの一度だけだ。あのときは必死で、さわり心地など考える余裕は一切なかった。

少しするとモフオは俺を玄関に置き去りにして、リビングのほうへと駆けていった。

モフオを撫でることに成功した俺は、誇らしげな気持ちでモフオの後を追う。

リビングに戻ってしばらくの間、パソコン画面を眺めた。

けれど頭の中に先ほどの女の言葉が蘇り、集中できない。ダイニングテーブルに肘をつき、頭を抱える。

リサに婚約者がいると知らされた瞬間、鋭いもので胸を貫かれるような衝撃を覚えた。心の中がぐちゃぐちゃになり、大きな波が立つ。その波は時間が経って徐々に小さくなったものの、今も心の内側に繰り返し打ちつけ、俺をざわつかせる。

部屋の掛け時計を確認する。リサが家を出てから三時間が経とうとしていた。モフオはのんきな顔でペットベッドからはみ出して、大の字で眠っている。

もしまた具合が悪くなって、どこかで倒れていたら……?

もしもあの妹に、病院の帰り道で出くわしていたとしたら?

不安が込み上げて、いてもたってもいられなくなった。俺は勢いよく立ち上がり、玄関に向かう。

同じ敷地内にある動物病院には、ペットの入ったケージを大切そうに抱えた飼い主がひっきりなしに訪れる。以前リサが勤めていたという場所に興味はあったが、その院長は、俺を知らない。

動物病院を閉めた後、院長がリサの様子を見に何度か家に来たことはあった。しかし食べ物などの差し入れをして玄関先で世間話をしたらすぐに帰っていってしまうため、直接会ったことがない。

どこの馬の骨ともわからぬ俺がこの家にいると知れば、院長はとても心配するだろう。そうなればリサを困らせることになるし、気をつけなければならない。そう思いつつも、どうしてもリサのことが気になり、家の外に出てしまった。

敷地の外の道路に目をやりながら、玄関前で意味もなくウロウロする。焦燥感ばかりが募る。こんなことならば、拒否されたとしても病院までついていくべきだった。

リサをひとりで行かせてしまったことを後悔していると、家に向かって歩く彼女の姿を視界に捉えた。

頭で考えるよりも先に体が動き、全速力で駆けだす。

「リサ……！」

ズンズンッと大股で急いで歩いている様子のリサは、名前を呼ばれて驚いたようにこちらに目を向ける。

「えっ、クリス？」

きょとんっとした表情で俺を見つめるリサ。駆け寄ると、俺は腕を伸ばしてその体をギュッと抱きしめた。

「無事でよかった」

リサの体は本当に華奢で、強く抱きしめると折れてしまいそうだ。温もりが腕に伝わり、心から安堵する。彼女のこととなると、なぜか俺は冷静さを欠く。

「そんなに慌ててどうしたんですか？　なにかありましたか？」

心配そうな声を聞いてハッと我に返り、その体から腕を解く。額には汗が浮かび、息があがっている。

「帰りが遅かったから気になったんだ」

「あ……、ごめんなさい。お買い物をしたくて、少し遠回りをしました」

リサの両手は荷物でいっぱいだった。俺はすぐさま荷物を受け取り、首を横に振る。

「違うんだ。謝らせたいわけじゃない」

ただ、彼女のことが心配でたまらなかった。家にいてもなにも手につかず、リサの顔ばかりが頭に浮かんだ。そう素直に伝えればいいとわかっているのに、言葉は喉の奥に吸い込まれていく。

「心配して迎えにきてくれたんですね」

すると、彼女は俺の気持ちを汲《く》むように微笑んだ。

「誰かが自分の帰りを待っていてくれるって嬉しいですね。ありがとうございます」

リサは無邪気な笑みを浮かべる。その姿に胸の中のさざ波はおさまり、心の中にポッと点火されたような温もりを感じる。

そこでようやく、俺は自分の気持ちに気がついた。俺はリサに対して好意を……特別な感情を抱いている。

「いや、礼を言うのはこちらだ。ありがとう、リサ」

俺は真っすぐに、茶色い瞳を見つめた。

「ふふっ、なんかそんなふうにお礼を言われると照れますね」

リサは少し恥ずかしそうにはにかんだ。

玄関扉を開けると、モフオが廊下のほうから一目散にリサに駆け寄った。俺には一切目もくれず、彼女の足元にじゃれつき抱っこをせがむ。先ほど、少し距離が縮まったと感じたのはどうやら俺だけだったようだ。

「モフオ、ただいま～！　いい子にしてた？　美味しいミルクを買ってきたよ」

リサが抱き上げると、モフオは彼女の頬を舐めて、ぐりぐりと顔をこすりつける。

リビングに入ると、リサがモフオを床に下ろした。するとモフオは甘えるように腹を出してフローリングの床に寝転ぶ。

「あー、可愛い。ずっと嗅いでいられる」

リサは、モフオの腹に顔を埋めて匂いを嗅ぐ。

しばらく戯《たわむ》れた後、モフオのミルクタイムになった。哺乳瓶をくわえさせると、モフオは恍惚《こうこつ》とした表情を浮かべる。そしてミルクを飲みながら、前足をしきりに動かしている。リサに聞くと、こうしてふみふみするのは、母親に甘える名残らしい。

この家に来たばかりの頃は口の端からポタポタとミルクを零すこともあったが、今は一滴も垂らさず完璧に飲み干す。モフオはリサのおかげで順調に成長している。

腹の満たされたモフオは自らペットベッドに行き、まどろみはじめる。瞼が徐々に下がり、目がトロンッとする。寝たかと思うと、ハッと目を開く。まるで人間のような姿にリサと目を見合わせて、笑い合った。

夕食には、彼女が買ってきてくれたハンバーグ弁当を食べた。

普段リサが作る料理はどれも美味い。ただ、パソコンで調べ物をしていたときに見かけたハンバーグという料理には、とても興味があった。噛むと口の中で肉汁が溢れ、旨味が広がる。リサ曰《いわ》く、今まで食べたハンバーグの中で一番美味いらしい。俺にも食べさせたいと、最近噂の店までわざわざ足を延ばして買いにいってくれたのだという。

　食事を終えると、コーヒーを淹《い》れてソファに座る彼女にマグカップを差しだし、隣に腰かけた。

「いい匂い。いつもありがとうございます」

　リサは猫柄のマグカップを手に取り、フーフーッと長い時間息をかけて冷ます。相当な猫舌のようだ。

「今日は疲れただろう。病院ではなんて？」

「検査もしたんですけど、数値は変わらずで。よくも悪くも変化なしです」

「そうか。家の前でリサを見つけたとき急いでいるように見えたから、なにかあったのかと思っていたんだ」

　ちょうど夕暮れどきで過ごしやすい気温だった。けれど、薄手のロングワンピースを着たリサは、運動をした後のように、息をきらして汗をかいていた。

　尋ねると、照れくささを隠すようにおどけて言った。

「なんか恥ずかしいところを見られちゃいましたね。クリスはハンバーグ美味しいって言ってくれるかなとか、モフオは新しいミルク気に入ってくれるかなとか。クリスとモフオのことを考えてたら早く家に帰りたくなって、自然と早足になってました」

リサはそう言って笑うと、ようやくコーヒーを口に含んだ。

「子供の頃にもそういうことがあったなって、なんか懐かしい気持ちを思い出しました」

表情は穏やかなのに、瞳の奥はどことなく寂しそうだった。このタイミングで、俺は昼間の話を切りだすことにした。

「実は、話があるんだ」

「話、ですか？」

「ああ。リサが不在の間に、セノ・アヤカという女が訪ねてきた」

「彩香が……？　なにか言っていましたか？」

名前を出すなり、表情がみるみる険しくなる。

「リサが、母親の電話に出ないと言っていた」

女との会話のすべてを伝える気はなかった。リサの尊厳を傷つける言葉は、今思い出しても腹だたしい。

「それでわざわざ、うちまで……」

独り言のように漏らすリサ。俺は膝を彼女のほうへ向けた。

「自分はリサの妹だと言っていたが、本当か？」

「はい。ただ、彩香は実の妹ではありません」

「それはどういう意味だ。よければ全部、俺に話してくれ」

リサは決意したように頷くと、マグカップをテーブルに置きポツリポツリと話しはじめた。

「両親が失踪したのは私が十二歳のときでした。なんの前触れもなく、私の前から姿を消したんです」

幸せだった家族との暮らしが、両親の失踪を境に突然終わりを迎えた。まだ子供だったリサはひどく傷ついたに違いない。

「獣医師だった父と、花や動物が大好きな母。夫婦仲がよくて優しかった両親は、私の自慢でした」

「もしかして、敷地内にある動物病院はリサの父親が？」

「そうです。元々は父が獣医師として働いていた場所です。今は、父の昔からの親友の院長が跡を継いでくれています」

「そうだったのか」

リサの過去を知り、胸が痛む。

「両親の失踪後、私は父の遠い親戚の家に引き取られて、高校の終わりまでを過ごしました。養父母と義妹の彩香との四人暮らしは、私にとってつらいものでした」

リサは三歳下の義妹と差別して育てられた。常に疎外感があり、養父母の機嫌が悪いと八つ当たりをされ、冷たく当たられた。妹の彩香もリサを見下し、酷い態度で接してきたという。

「生きていくためには、どんなにつらい思いをしても我慢するしかなかったんです。高校生になると、アルバイトに明け暮れました」

「アルバイト?」

「仕事のことです。私が一緒に暮らしはじめたせいで、生活費が足りないと言われて。毎月稼いだお金はほとんど養母に渡していました。そのせいで、誘われても友達と遊ぶこともできなくて。高校卒業後はみんな進学したので、なんとなく疎遠になってしまいました」

空気が重たくならないように気を遣ってか、リサは明るく言う。健気なその姿に感情が揺さぶられる。

「養父母にとって私は、捨て駒でしかないんです。この間、久しぶりに連絡があったと思えばそれは見合い話で。地元で有名な企業の御曹司と結婚しろと言われました」

「政略結婚ということか？」

ウェストリィング王国でも、一部の領主などの間では当事者の意思を無視した政略結婚が行われているようだ。その習慣が、リサの国でもあるようだ。あの義妹がリサには婚約者がいると言っていたが……それはこういうことだったのか。

「はい。養父は小さな会社を営んでいます。それが傾き、私に政略結婚を強要してきたんです。一度直接断ったのですが、何度もしつこく電話がかかってきました。それを無視していたから、痺れをきらして彩香をよこしたんでしょう」

「大体の話はわかった。養父母たちは、リサの病気のことを知っているのか？」

予想どおり、リサは小さく首を横に振る。

「私の命がわずかだと知ったら、悲しむどころかそれを利用しようと考えるはずです。両親の失踪後、私はたくさんのものを育ての親に奪われました。財産だけでなく……自由や尊厳さえも」

そこで言葉をきると、リサはギュッと拳を握りしめた。

「正直、両親が今生きているか死んでいるかも、私にはわかりません。養父母には、両親がいらなくなった私を捨てたのだと繰り返し言われました。……でも、今も信じられないんです。私はたしかに両親に愛されていた。いなくなったのはきっと、なにか理由があるんだって思えてならないんです」

一度感情が漏れ出してしまうと抑えが利かなかったのだろう。堪えるように唇を噛みしめているのに、リサの目からは涙が止まらない。

「誰がなんと言おうが、リサはいらない人間じゃない」

「クリス……」

こちらに向けられた潤んだ瞳。零れた涙をそっと指先で拭う。

「俺とモフオはリサに助けられた。見ず知らずの人間に手を差し伸べるのは、とても勇気がいっただろう。それができたのは、ご両親の強さと優しさをリサが受け継いだからだ」

初めて会った日、彼女は高熱と傷に苦しむ俺を夜通し看病してくれた。あのときはまだ、親切にしてくれるのには、なんらかの思惑があるのではないかと疑っていた。

けれど、その疑いはすぐにはれる。リサは余命わずかであると告白したうえで、俺とモフオが元の世界に戻れるように協力すると申し出てくれた。今も俺たちがこうやって生きていられるのは、彼女のおかげだ。

「俺の話も聞いてくれるか?」

リサが頷く。初めてだった。こんなふうに自分の話をしようと思ったのは。聞いてほしいと強く願ったのは。

「前にも話したが、俺はウェストリィング王国の国王と血の繋がった兄弟だ。だが、俺の母は使用人で身分が低かった。そのせいで、母を幼くして亡くした後は周囲に蔑《さげす》まれて生きてきた」

俺は淡々と身の上話をした。

頼りにしていた父との死別、周囲の人間から浴びせられる誹謗《ひぼう》中傷、根も葉もない噂話。

常に孤独と隣り合わせの生活。それでも、兄のエドワードがいてくれたおかげで自暴自棄にならずに済んだ。

「騎士になったのは、国王である兄の力になりたいと思ったからだ。でも、理由はそれだけじゃない。俺は心のどこかで、誰かに必要とされたいと強く望んでいたんだ」

「私と一緒ですね」

リサが微笑みながら涙を流す。目が合うと、俺はその体を引き寄せてギュッと抱きしめた。リサもまた俺に応えるように、背中に腕を回す。互いの体温が溶け合い、心が落ち着く。

「私もずっと孤独でした。誰かに必要とされたかったんです。だから、今クリスがいてくれて本当に幸せです」
しゃくりあげるように嗚咽《おえつ》交じりに泣くリサにたまらない気持ちになる。つらさや悲しみが伝わってきて苦しくなる。できることならば、こんなふうに泣かせたくない。その痛みも苦しみも全部、一緒に背負ってやりたい。

「俺も同じ気持ちだ」

気の利いた言葉をかけてやりたいのに、人並みな言葉しか出てこない。けれど言葉で確かめ合わなくても、互いの気持ちが通じ合った気がした。

リサの背中を、励ますようにゆっくりトントンッと手のひらで叩く。

必要とされ、そして自分がリサを必要とする。

ともに生活していく中で、ずっと埋まらなかった隙間が埋まり、心が満たされていった。

その晩、風呂から出るとリサは少し腫《は》れてしまった目を細めて「おやすみなさい」と微笑み、モフオとともに二階に上がっていった。

そのとき、ふとダイニングテーブルの上の薬に目がいく。彼女が常用している痛み止めだ。その傍らには、ミネラルウォーターの入ったペットボトルが置かれている。

どうやら二階へ持っていくのを忘れてしまったようだ。

急いで二階へ上がり、部屋の扉をノックする。

「リサ、寝てるのか？　薬を忘れたぞ」

扉を開き部屋に入る。暮らしだしてすぐ、家の中を案内してもらったときにチラリと中を見ただけで、足を踏み入れたのは初めてだ。部屋の中には机やベッドなどが置かれ、不要な物は一切なく、整理整頓されていた。読書好きなのか、壁棚にはたくさんの本が整然と並べられている。

女性の寝室をジロジロ見るのは不謹慎だと自分を戒めて、ベッドで横になるリサに近づいていく。どうやらもう眠ってしまったようだ。掛け布団が呼吸に合わせて小さく上下している。

ベッド脇に置かれた棚上の照明が、リサとその隣で眠るモフオを照らす。気配を感じたモフオは一度目を開けるも、俺の姿を確認すると危険はないと察したのか再び目を閉じた。

「……さん。おか……さん」

棚の上に薬とペットボトルを置いて部屋を出ていこうとすると、リサがなにかを口にした。途切れ途切れの言葉。振り返り、意識を集中させる。

「置いていかないで……」

閉じられたリサの目の縁から、涙が零れ耳の脇に流れていく。

動物病院を営む穏やかな父親と、花や動物が好きで、手作りの絵本を読み聞かせてくれたという優しい母親。

自分を愛してくれた両親が突然、姿を消した。

十二歳といえば、ある程度物事を理解できる年齢だ。両親がいなくなり、育ての親に引き取られた後、ずっと『両親に捨てられた』と言われ続けて育ったリサの苦しみは手に取るようにわかる。

今もまだ、心に深い傷を抱えているのだろう。ベッドサイドに腰かけて、涙をそっと指で拭う。

「お前はたくさん、つらい思いをしてきたんだな」

常に明るく笑顔を絶やさないリサのつらい過去に触れ、なにかをしてやりたいという気持ちが強くなる。

できることなら、その苦しみを和らげてやりたい。

そばにいて、支えてやりたい。

けれど彼女は不治の病で、命のリミットは近い。

どうあがいても、俺に病気を治してやる力はない。

「……そうだ」

そのときふと、ある考えが頭に浮かんだ。

ウェストリィング王国には、治癒力をもつ者がいる。

もしも、リサをウェストリィング王国に連れていくことができたとしたら……。この世界では不治の病で余命いくばくもないとしても、ウェストリィング王国ならば生きられるかもしれない。

もちろん、うまくいくとは限らない。

けれど、やってみるだけの価値はある。ただ……リサは、一緒に来ることを拒むかもしれない。もし病が治らなければ、俺に負担をかけると考えるだろう。彼女はそういう人間だ。なにかうまい言い方はないだろうか。早急に考える必要がある。

俺はリサの頭をそっと撫でると、立ち上がり寝室を後にした。

彼女のことはもちろん、国のためにも一刻も早く戻る方法を探しださなければならない。

騎士団長の俺が不在だと隣国の人間が知れば、隙をついて猛攻撃を仕掛けてくる可能性は充分に考えられる。そうなれば、騎士団が窮地に陥る。騎士団が負ければ、王国の危機だ。

ダイニングテーブルのパソコンを立ち上げる。胸に、例えようのない焦燥感が湧きあがった。


「ん……？」

ふとなにかの気配で目を覚ます。どこからかコーヒーの香ばしい匂いがする。深夜までパソコンを操作していたせいか、首や肩がひどく凝り固まっていた。記憶はないが、いつの間にかダイニングテーブルに伏せて眠ってしまっていたらしい。体を起こして大きく伸びをした後、グルグルと首を回す。

キッチンでは、リサがせわしなく動き回っている。どうやら朝食の準備をしているようだ。なにか手伝おうと立ち上がろうとすると、足元に違和感を覚えた。

「おい、モフオ。お前はなにをしているんだ」

遊んでほしいのだろうか。モフオが俺の履いているスリッパをくわえて、まん丸い目で見上げてぐいぐい引っ張っている。

「お前、その額って……」

額には薄っすらと青い印が見て取れた。これがリサの言っていたものだろうか。慌ててモフオに手を伸ばすと、怒られたと思ったのか、スリッパを放して自分のペットベッドへ一目散に逃げていく。

「おい、ちょっと待て！　別に怒ってるわけじゃないんだぞ。その額を見せてほしいだけなんだ。なっ？」

ペットベッドまで追いかけて説得するも、モフオは頑なに毛布の下に潜り込んで隠れてしまう。

「いいだろ？　ほんの少しだけ見せてくれ」

これ以上執拗に迫れば、少し光の見えた互いの関係が振り出しに戻ってしまう気がする。渋々引き下がると、「おはようございます。モフオに嫌われちゃったんですか？」とキッチンから一部始終を目撃していたリサが、こちらに歩み寄りながらクスクスと笑った。

「おはよう。さっき、モフオの額に青い印が出ていたんだ」

「クリスも見たんですね！　実は、起きたら話そうと思っていたのですが。昨晩またモフオの千里眼で、ウェストリィング王国の人の会話を聞くことができたんです」

「なんて言っていたんだ？」

急かすように尋ねると、リサははっきりとした口調で告げた。

「どこかの森の中だと思います。女性ふたりが話していたのですが、断片的にしか聞き取れなくて。ただ、『満月の夜』と『トネリコの木』というワードだけは間違いなく聞こえました」

「満月の夜？」

「はい。それで、気になって調べてみたんです」

リサはスマホの画面を俺に見せた。

月はほぼ一か月周期で満ち欠けを繰り返している。正確な満ち欠けの日数は二十九・五日。計算すると、次の満月の日は五日後らしい。

「クリスとモフオは、トネリコの木の下に倒れていたんですよね？」

「ああ、そうだ」

「だとしたら、五日後の満月の夜、トネリコの木の下で待てばウェストリィング王国へ帰れるんじゃないでしょうか！」

リサの言葉に同意するように大きく頷く。

たしかに、あのときもそうだった。隣国の密猟者に切りかかられそうになったとき、俺の後ろにはトネリコの木があった。

その後、青い光に包まれたときに満月を見た。

どういう経緯で日本という場所へやってきてしまったのかはわからないが、『満月の夜』と『トネリコの木』というワードが、ウェストリィング王国へ戻るための鍵になるのは間違いないだろう。

ただ、あちらの世界の月には、魔力を増幅させる力がある。特に満月の日には、それが強い。

「一方、こちらの月には、そんなに魔力を感じない。その点が少し気になるが……」

そう一抹の不安を口にすると、リサの表情が少し曇った。

いや、今はそんなことをいくら心配しても仕方がない。なにも手がかりがないところからのこの進歩、まずはそれを受け入れ、前向きになるべきだ。「とはいえ！」そう言い、俺は努めて明るい表情をみせた。

「ついに帰る方法が見つかったな！」

力強く言うと、リサは表情を明るくする。

「はい！　もしかしたら、その間にもまたモフオを通して詳しい手がかりが掴めるかもしれません」

そうして、リサがまるで自分のことのように嬉しそうな笑みを浮かべたとき。

キッチンから漂ういい匂いにぐぅっと腹が鳴った。チラリと見やると、彼女にもその音はバッチリ届いていたようだ。

「お腹空きましたよね。とりあえず、朝ご飯にしましょうか」

俺は促され、いつも食事をとっている席に腰かけた。

朝食はリサが作ってくれた塩昆布のおにぎりとひじきの煮物、出汁《だし》の利いたアサリの味噌汁だ。

思えば、この世界にやってきて口にするのは、ほぼ初めてのものばかりだった。最初は戸惑いもあったけれど、今ではすっかり馴染んでいる。

なにより、リサの料理はどれも美味い。見た目や彩りだけでなく、栄養バランスまで考えてくれているから頭が上がらない。

「ウェストリィング王国の朝ご飯は、どんな感じなんですか?」

リサは、ウェストリィング王国にとても興味をもってくれている。食事や暮らし、生活様式などこちらの世界との違いを話すと、いつも楽しそうに聞いてくれた。

「大体は大麦や小麦が中心の食事で、パンが多い。だが、この世界のパン屋のような洒落《しゃれ》たものはあまりない」

「そうなんですね。食べ比べしてみたいな」

「それなら、ウェストリィング王国へ来ればいい。俺がリサにパンを焼いてやる」

「え！　クリスは料理もできるんですね！　パンを作れるなんてすごいです」

何気なく一緒にウェストリィング王国へ行くよう促しても、俺の思惑を知らないリサは無邪気な笑みを浮かべる。

どうしたらうまく伝わるのだろうか。頭を悩ませるが、結局ストレートに言葉で伝えるしか方法はないと腹を決める。

食事を終えると、俺は背筋を伸ばして真っすぐ彼女を見た。

「リサ、五日後の満月の夜、一緒に――」

言いかけたタイミングでリサが表情を歪めた。

胸の辺りを手で押さえてハァハァと肩で息をして、苦しそうな様子だ。

俺は反射的に立ち上がり、彼女の元へ薬と水を運ぶ。痛みや苦しさが出たときに飲む薬は把握している。以前の苦い経験は、もう繰り返さない。

薬を飲ませると、体を抱えてソファに座らせる。背中にクッションを入れ、スツールを移動させてその上に足をのせた。仰向けで横になるよりも、座ったまま足を伸ばしたほうが呼吸が楽になると、以前リサが言っていたからだ。

異変に気付いたモフオはソファの足元にちょこんっと座り、心配そうに見上げる。

少しすると、リサの呼吸は穏やかになった。

「いつもありがとうございます。モフオも心配してくれてるんだね。嬉しいよ。ありがと」

リサは愛おしそうにモフオに微笑む。モフオはそれに応えるように、ゆっくりと瞬きを繰り返す。

苦しいときやつらいときは、自分のことだけを一番に考えてほしい。けれど、彼女はこんなときでも常に周りへの気遣いを忘れない。そんな健気さが胸を打つ。

「お礼なんていいんだ。ゆっくり休んでくれ」

できることならずっと隣にいたいが、そうしたら俺に気を遣って休めないだろう。今、リサのためにしてあげられることをしよう。

気持ちを切り替えて、彼女はモフオに任せることにした。ソファの上にモフオをのせると、モフオはリサの膝に顎を置いて目を瞑った。すると彼女はモフオの頭を撫でながら幸せそうに微笑んだ。

少しでも負担を減らせるように、朝食の片付けに取りかかる。

オープンキッチンで洗い物をしている間も、心配で何度も視線を送ってしまう。

リサと目が合う。

そのたび、彼女は俺に微笑む。可愛らしい笑みにドキリとして、心が揺さぶられる。

この世界に転移したばかりのとき。状況把握ができずウロウロしていた俺は、家の中に白虎とリサを見つけた。密猟者との攻防のすぐ後だったこともあり、動揺する心は一瞬のうちに封じ込めたのだが……。

初めてリサを見たときは正直、驚いた。

雪のように真っ白できめ細かい肌に、色素の薄いぱっちりとした二重の目。形のいい唇。

ウェストリィング王国で美女と呼ばれる女性を見ても一切心の動かなかった俺が、リサには一瞬で目を奪われた。

それだけではない。風呂場でシャワーの水をリサにかける失態を犯したあの日。俺は本能に抗えず、リサの胸元を凝視してしまった。それまではゆったりとした服を着ていたからわからなかったが、服が濡れてピタリと体に張りついた彼女は、男の本能をくすぐる体つきをしていた。華奢なわりに豊かな胸の膨らみと、細い腰回り。アクシデントとはいえ、抱き合う形になり平静を保つのに苦労した。

そんな甘い記憶をブルブルと振り払い、泡だらけのスポンジを握りしめながらリサに声をかける。

「こっちは任せろ」

騎士として任務を遂行するときのような硬い口調になってしまい、心の中でため息を吐く。とっさに気が利く優しい言葉をかけてあげられない自分が、心底嫌になる。

洗い物を終えて流し回りを片付けると、ソファに歩み寄る。リサは目を瞑り、小さな寝息を立てて眠っていた。その傍らには、ピッタリと寄り添うようにモフオが眠っている。こうやっていると、まるで親子のようだ。暖かな光が部屋に差し込む。時計の針の音だけしかしない、静かな時間。

ウェストリィング王国にいたときは、騎士団長として常に気を張り、心休まる時間はなかった。俺の使命は、国や民を守り、国王の兄に少しでも貢献して恩を返すこと。そのために生きてきたといっても過言ではない。

そんな俺が今、こんな穏やかなときを過ごしているなんて信じられない。けれど、こんなふうにしていられるのは、リサがいるからだ。一緒に生活していくうちに、彼女との暮らしが心地いいことを知った。

ウェストリィング王国にいるとき、女性に言い寄られることは多々あった。求婚をされたことも一度や二度ではない。

けれど、心を許した相手はひとりもいない。

どんなに魅力的だと言われている女性に会っても、気持ちが動くことはなかった。

だからといって、結婚願望がないわけではない。いつかは結婚して家族をつくり、子供を授かりたいという漠然とした願いはあった。

しかし、どの女性との結婚生活も想像ができなかった。それに誰かとともに暮らすのはストレスになると考えていたのだが、リサは違った。同じ空間にいてもなんの違和感もないし、心が穏やかでいられる。

そのとき、ダイニングテーブルに置いてあるリサのスマホがブーブーッと音を立てて鳴りだした。

このままでは、ようやく眠ったリサが起きてしまう。

そっと歩み寄り、スマホを手に取る。

画面には、以前教えてもらった彼女の養母の名前が表示されている。

しばらくして電話がきれたかと思うと、再び着信が入る。執拗な電話に辟易《へきえき》する。続くように、今度は数字だけの番号からの着信が入った。なぜ番号だけで名前が表示されないのかはわからない。

一方的に婚約を進めているという養父母家族に、リサは苦しめられてきた。家から出た後も、自分たちの利益のためにリサを駒のように使うなんて到底許せない。俺はグッと奥歯を噛みしめて、湧きあがってくる怒りに必死に耐えた。

昼過ぎになり、ようやくリサが目を覚ました。

「体調はどうだ？」

「もう大丈夫です。心配かけちゃってごめんなさい」

朝よりも顔色がよくなった。よかったと胸を撫で下ろす。

「あっ、お昼の時間だ」

部屋の掛け時計を見て、彼女がポツリと呟く。

「食欲はあるか？」

「はい。なにか作りますね」

立ち上がろうとしたリサを慌てて制止する。

「いや、いい。今日は俺が作る」

「え？　クリスが？」

「ああ。任せてくれ」

リサが寝ている間にできることはないかと考えた結果、昼食を作ることにした。料理はそれなりに得意だと自負している。この世界で料理を作った経験はないが、リサが料理をするところを隣で眺めていたから、大体のことはわかる。調理器具の使い方も、それなりに覚えたつもりだ。

「できたら呼ぶから、もう少し休んでいてくれ」

「わかりました」

「あと、これ」

俺はダイニングテーブルの上のスマホを手渡した。リサは画面を確認すると、またかというように短く息を吐く。

「まだリサの婚約を諦めていないようだな」

「そうみたいですね。でも、この番号は誰だろう……？」

画面を見て、首を傾げる。それは名前が表示されていない【090】からはじまる番号だった。

「その番号はなんだ？」

「スマホに登録していない番号から電話が来ると、画面に名前ではなく電話番号が表示されるんです」

「ということは、知らない人間から電話がかかってきたっていうことか？」

「みたいですね。でも、間違い電話って可能性もあるのでひとまず放っておきます。大事な用があれば、またかけ直してくれると思うので」

「そうか。じゃあ、料理ができるまで少し待っててくれ」

「はい」

素直に頷くリサの頭を軽くポンッと叩くと、俺は意気揚々とキッチンに立った。

食品庫の中にある袋を取り出す。中には乾燥したうどんが入っている。リサには何度か作ってもらっているし、茹《ゆ》でるだけのうどんなら簡単に調理ができそうだと考えた。水を張った鍋の中に乾いた麺を入れて火にかける。リサの喜ぶ顔を想像すると、心が弾んだ。


「うん？」

三十分ほどかけて出来上がったうどんは、リサが前に作ってくれたものとも、パソコンで検索したものとも似ても似つかない物体だった。

茹で上がったうどんを、ざるに上げる。

ドロッとした見た目で、ほぼ原形をとどめていない。

うどんにもこういう種類のものがあるのかと、首を傾げながら水をきった。

そうだ。きっとそうだ。

体を冷やさないほうがいいと考え、温かいうどんにした。味付けはよくわからなかったため、粉末にお湯を入れて溶いた。器に入れたうどんを、ダイニングの椅子に座っているリサの前に運ぶ。

「茹でてみたら、なぜかこうなったんだが。これは失敗か？」

リサはうどんを見て目を丸くした後、ふふっと笑った。その反応から、すぐにこれは失敗作なのだと悟る。

「もしかして、鍋のお水に麺を入れましたか？」

「違うのか？」

「うどんは、お水を沸騰させてお湯にしてから入れるんです」

「そうだったのか……」

致命的なミスを犯していたことを知り愕然とする。器を下げようと手を伸ばすと、

「待って」と止められた。

「クリスの初めての手料理、食べたいです」

「いや、気を遣わなくていい。少し待っててくれ。冷蔵庫の中にある、すぐに食べられそうなものを持ってくる」

「私のために作ってくれた、その気持ちが嬉しいんです」

リサは日本流に「いただきます」と手を合わせてうどんを口に運んだ。それにつら

れて俺も口に運ぶ。噛んではみたが歯ごたえがなく、ただのドロドロとした不思議な物体は口の中で溶けていく。正直、美味くはない。

「失敗だな。無理して食べなくていいぞ」

「無理してませんよ。手料理を食べるのなんて久しぶりだから、美味しいです」

リサは箸で掴むのすら難しいうどんを器用に口に運ぶ。そしてぺろりと食べ終えると「ごちそうさまでした」と笑みを浮かべた。食事の片付けを行った後、ミルクを作りモフオを呼ぶ。一日三回のミルクも日に日に飲む量が増えてきた。モフオはすんなり俺のところまで歩み寄った。

「ミルク飲むか？」

床に胡坐《あぐら》を組んで座ると、モフオは俺の膝に前足をついた。抱き上げて哺乳瓶を差しだすと、恐る恐る飲みはじめる。

「飲んだ……！」

自然と言葉が漏れた。俺の声に反応したモフオが哺乳瓶をくわえながらチラリと俺に視線を向ける。そして目を瞑ると、前足をふみふみと動かす。モフオにミルクをあげるのに成功したのは初めてだった。やった……。ついにやったぞ……！　とっさにリサに視線を送る。

「やりましたね！」

リサが満面の笑みを浮かべる。

「ああ。朝に少ししつこくしたから、また嫌われたかと心配していたんだ」

「そんなことありません。モフオはクリスのことが好きですよ」

リサの言葉にくすぐったい気持ちになる。

ゴロゴロと喉を鳴らしてミルクを飲むモフオをじっと眺める。その姿が妙に愛らしくて胸の中がじんわりと熱くなる。モフオと過ごしていると母性本能を刺激されるというリサの言葉の意味がわかった気がする。つい「可愛い」と口走りそうになってしまうから恐ろしい。

モフオはミルクを飲み終え、ウトウトした様子でお気に入りのペットベッドに入り目を瞑る。最近ではモフオの生活リズムも掴めてきた。ミルクを飲んだ後、しばらくはぐっすり眠るだろう。リサもまた少し休むと告げて、二階に上がっていく。

俺はさっきの料理で失敗したぶんを取り戻すため、部屋の掃除をすることにした。

リサがやっているように掃除機を出したが、スイッチを入れる前にふと気付く。音を立てれば、寝ているリサとモフオを起こしてしまうだろう。

仕方なく掃除機を片付けて、普段は手が届かないであろう高い場所にある、棚の埃を取る。けれど積もった埃が床に落ち、余計に部屋を汚してしまった。彼女のために自分ができることをしようとしても、すべてが裏目にでてしまう。

「ハァ……」

床に落ちた埃をようやく拾い終えた俺は額に手を当てて、自分の不甲斐なさに大きなため息を吐いた。

騎士として戦うことには慣れているが、家のことや細々したことはもっぱら苦手だと、あらためて思い知らされる。このまま家にいては、リサに大きな迷惑をかけることをしかねない。

それならば。

なにかのときのためにと預かった財布と合鍵を手に取り、「いい子にしてろよ」と寝ているモフオに声をかけて家を出た。

扉に休診日というプレートの下げられた動物病院を横目に、敷地を後にする。足を向けたのは、駅の近くにある人気の洋菓子店だった。そこのさくらんぼケーキが大好物だと、以前リサが話していたのを思い出したのだ。けれど、五月中しか販売されない数量限定の商品で、なかなか食べられないと諦めた様子だった。買えるかどうかはわからないが、とにかく行ってみよう。

前にリサと一緒に買い物に出かけたときに通った道を歩き、大通りへ向かう。足取りは軽い。

なにかをしてあげたい。できることは多くはないが、少しでも喜ばせたい。リサへの想いに比例するように、そんな気持ちが強くなる。

そのとき、突然冷たい強風が吹き、街路樹の木々の葉がざわっと音を立てて揺れた。立ち止まり空を見上げる。

黒い雲が空を覆い、昼間なのに辺りが一気に暗くなる。木の枝に止まっていたカラスが鳴き声を上げて一斉に飛び立つ。

なぜか胸騒ぎを覚えた。なにか大きなミスを犯したような気がする。そんな漠然とした予感が、頭の中で警鐘を鳴らす。

「リサ……」

来た道を急いで引き返す。大粒の雨が降りはじめた。

黒く濡れたアスファルトを蹴って走る。雨はどんどん強さを増す。遠くのほうでは雷鳴が轟く。傘をさして歩く人々が、雨に打たれながら全速力で走る俺をギョッとした顔をして見る。

家が見えてきた。玄関の軒下にふたつの影が見える。

リサと、濃いグレーのスーツを着た男が立っていた。

黒い短髪で身長は百八十センチほどだろうか。遠めでもがっちりとした体格が見て取れた。男は左手で彼女の肩を撫でる。リサの表情は硬く、強張っている。

自分以外の男がその体に触れることに、これ以上ないほどの嫌悪感を覚える。

「やめてください。さっきも言いましたが私は――」

「だーかーら、リサちゃんに拒否権はないの！　とりあえず、家に入れてよ。俺、傘持ってこなかったんだ」

嫌がって腰の引けているリサの顔を男が覗き込んだとき、俺はふたりの元へ駆け寄った。

「リサから手を離せ！」

振り返る隙を与える前に男の腕をグッと掴み上げ、ふたりの間に体を滑り込ませる。手のひらにわずかに力を込めると、指が男の二の腕に食い込んだ。

「いてて！　離せよ！」

男は腕を振り払おうと必死に抵抗をみせるが、腕についた筋肉は見せかけなのかと思うほどに非力だった。

「大丈夫か？」

男を拘束する手をそのままに、振り返って尋ねる。

「クリス……」

リサは涙目になりながら頷く。それを確認すると、俺は男の腕を離して向き合った。

「誰だお前は！　突然なんだよ！」

一見すると怒鳴りつけて威嚇しているようだが、男の視線は小刻みに揺れ、俺に掴まれていた左腕をかばうように右手で押さえている。たいした力は込めていないが、どうやら男は気弱になり戦意を失ったようだ。

「不意打ちでこんなことしやがって！　お前、リサちゃんとどういう関係だ」

どういう関係か問われて、すぐに返す言葉が見つからない。俺とリサはどういう関係なんだ。俺はリサに好意を抱いているが、彼女の気持ちはわからない。

「彼は私の友人です」

俺が言い淀んでいると、リサが助け舟を出す。男は俺を鼻でフンッと笑う。

「へぇ、外国人の友達か。いい機会だから教えといてやるよ。お前と違って、俺はリサちゃんの婚約者。立場が違うからしゃしゃり出んな、ボケ」

棘《とげ》のある言い方だった。腕力では勝てないと悟り、嫌味を言うことで先ほどの仕返しをしているようだ。年齢は俺やリサより上だろう。けれど、年のわりに言動は短絡的で子供じみている。

今すぐその減らず口を黙らせるのは簡単なことだ。けれど、リサの前だ。男の挑発にはのらず、彼女の反応を待つ。

「池崎さん、彼を傷つけることを言うのはやめてください。それから、先ほどもお話ししましたが、私はあなたと婚約することはできません。お引き取りください」

リサの口調は他人行儀で、男を拒否しているのがわかる。けれど、空気が読めないのか男はヘラッと笑う。

「そんなつれないこと言わないでよ。写真も可愛かったけど、実物はさらに可愛くて嬉しくなっちゃった。今まで彼氏がいたことないって聞いたけど、ホント？　俺ね、結婚するなら他の男の手垢《てあか》がついてない子って決めてたんだよ」

「やめてください」

リサが不愉快そうに顔をしかめる。けれど男はそれに気付かず、彼女を恍惚の表情で見つめる。

「リサちゃんは怒った顔も可愛いね。ただ、はっきりした性格の子は好きじゃないんだ。俺は、一途で従順で素直で、言いつけをちゃんと守る子が好きなの。今は我慢してあげるけど、男友達との縁も切ってね。まあ、結婚すれば監視できるし、いい妻になれるように俺が教育してあげるから安心して」

「監視して教育する……？　私はそんなこと望んでません」

リサが、信じられないというように唇を震わせる。

「だからさぁ、君の両親も俺の好きにして構わないと言ってくれてるんだよ。金に不自由しない暮らしは約束してあげる。それでいいだろ？」

男の顔にわずかな怒りが滲んだ。自分の思いどおりにならないことに苛立ちはじめたようだ。

「養父母は私の本当の両親ではありません！　たしかに十八まで育ててもらった恩はあります。ですが、結婚となれば話は別です。お金なんていりません。結婚は本当に好きな人と――」

「チッ。話がわかんない女だなぁ」

男はリサの言葉を遮《さえぎ》って舌打ちした。彼女を見下ろすその目は鋭く吊り上がり、縁は怒りで赤く染まる。

「俺が結婚してやるって言ってんだから、お前は黙って俺の言うこと聞いてればいいんだよ。本当の両親に捨てられて身寄りのないお前と家族になってやるっていう俺の厚意と優しさを踏みにじ――」

「――黙れ」

言い終わる前に、俺は男の襟首を掴んでグッと後ろに引っ張った。男はバランスを崩し、その場に激しく尻もちをつく。

「クリス！」

リサが驚いたように声を上げる。

「てめぇ、なにすんだ⁉　ぶっ殺すぞ！」

「失せろ」

凄《すご》む男を冷ややかに見下ろし、俺は男の襟首を掴んだままズルズルとその体を引きずり、リサから引き離す。

「雨に濡れたら大変だ。リサはここにいるんだ。いいな？」

どうしたらいいのかわからず困ったような表情をしているリサに、言い残す。

今、雨は弱まり、霧雨になっている。俺は無心で男の巨体を引きずった。

「やめっ……、ううっ……‼」

首が絞まらないように自分の首元を両手で押さえながら、バタバタと足を動かして抵抗をする男。

しかし動物病院の脇にある砂利の駐車場にたどり着く頃には、男の体力はきれたようで、すっかりぐったりとしていた。下半身泥まみれの男が、必死に懇願する。

「や、やめてくれ！　頼む、離してくれ！」

尻が砂利に擦れる痛みで男が喘ぐ。それでも容赦なく引きずる俺に男が根負けした。

「わかった！　今すぐ出ていくから！　俺が悪かった。だから、もう許してくれ！」

ぶっ殺してやると俺を威嚇して虚勢を張っていたにもかかわらず、勝てないとわかるとすぐに負けを認める。男のあまりに情けなく男気のないその姿に、怒りを通り越して呆れ返る。

襟から手を離すと、男はよろよろと立ち上がって乱れた服を直し、濡れて泥まみれになった尻を気にしながら俺を憎々しげに睨んだ。ガチガチに固められていた短髪はペタッと額に張りつき、見る影もない。

「どうした。俺を殺すと意気込んでいたんじゃないのか？」

「黙れ、クソ野郎！　警察に突きだしてやる！」

「好きにしろ。だが、二度とリサに近づくな。また彼女を侮辱するようなことを言えば、今度こそただではおかない」

男を牽制するように言ったとき、背後から足音が近づいてきた。

「クリスを警察に突きだすなら、私もあなたに無理やり体をさわられたと警察に話します。それが嫌なら今すぐお引き取りください」

リサはポケットからスマホを取り出し、男の動向を窺う。表情からその本気度を悟ったのか、男は苛立ったように砂利を右足で蹴ると「わかった。今日は帰る」と言い残して去っていく。俺はすぐさまリサに目を向けた。

「どうして傘もささずに出てきたんだ」

霧雨が、全身に降り注ぐ。

「ごめんなさい」

リサが力なく謝った。俺は慌ててつけ加えた。

「違う。リサが謝る必要はない。悪いのはあの男だ」

今にも泣きだしそうな表情に、俺はたまらない気持ちになった。

「私のことにクリスを巻き込んでしまったから……。もしも本当に警察を呼ばれていたら、大変なことになっていたかもしれません」

唇を震わせて話すリサ。こんな状況でもまだ俺の心配をする彼女に、たまらない気持ちになる。

「話は家に入ってからにしよう。風邪を引いたら大変だ」

俺はリサの手を掴んでゆっくりと歩きだした。

第六章　湧きあがる恋心

静かなリビング内に、大粒の雨が窓ガラスを叩く音が響いていた。先ほど一時的に弱まっていた雨風が、再び強くなった。クリスはソファに腰かけた私の前に跪《ひざまず》き、タオルで髪を優しく拭ってくれた。

「クリス、私自分でできますから」

「俺にやらせてくれ」

彼の髪からはポタリポタリと水滴が垂れている。着ていた服は雨に濡れて体のラインに沿って上半身に張りついている。服の上からでもしなやかな筋肉が見て取れる。髪を拭いている間、彼はなにも話そうとしない。いつもより硬い表情をして、なにかを考えているように見えた。重い空気に、押し潰されそうになる。

いつもだったら部屋をパタパタ駆け回っているはずのモフオが、こんなときに限ってペットベッドでスヤスヤと眠っている。

「つらい思いをさせてすまなかった」

私の髪を拭き終えると、クリスが突然謝った。

「どうしてクリスが謝るんですか？」

「俺が声をかけずに家を出たせいで、こんなことに……」

「違います！　クリスが謝ることじゃありません！」

私はすぐさまそれを否定した。

クリスの存在がなければ、婚約者であるという立場を利用して池崎さんが強引に家の中まで押し入っていてもおかしくなかった。見知らぬ番号からの不在着信も、おそらく彼だろう。養母が私の電話番号と住所を教えたとしか考えられない。もっと警戒しておくべきだったと自分を責める。

「助けてくれてありがとうございます。でも、どこへ行こうとしていたんですか？」

ふと湧きあがる疑問を口にする。クリスがひとりでどこかへ出かけたのは、これが初めてだ。

「近くの洋菓子店だ。さくらんぼケーキが食べたいと言っていただろ？」

「え……。前に話したこと、覚えていてくれたんですか？　嬉しいです！」

自然と笑顔になる。クリスが私のために出かけたことを知り、胸が喜びで満たされる。

すると「リサ」と言って、クリスは立膝のまま私を見上げた。視線が絡み合い、胸が高鳴る。

「俺はリサが好きだ」

「え……」

これまで見たことのない真剣な眼差しに射貫かれ、言葉を失う。

クリスが私のことを好き……？　本当に？

「リサを愛してるんだ」

彼は訴えかけるような瞳を向け、膝の上にのせていた私の手のひらにそっと触れる。

池崎さんに触れられたときは、嫌悪感に鳥肌が立ちすぐに振り払ってしまいたいほど嫌だったのに、今は違う。

クリスの手のひらの熱が、私の体までも熱くする。

「誰かにこんな感情を抱いたのは初めてで、自分でも混乱しているぐらいだ」

「クリス……」

「正直、さっきあの男がリサに触れるのを見て、嫉妬で頭がおかしくなりそうだった。こんなふうに独占欲に駆られたのは、リサだけだ」

その声には確かな強さがあった。不器用で口下手なクリスが一生懸命、自分の気持ちを言葉と態度で伝えようとしてくれている。

「突然現れた俺にこんなことを言われて、困らせてしまうのはわかってる。だが、本心だ。俺はリサを心から愛している」

そこに嘘やまやかしはない。ただ胸が締めつけられるほどのひたむきな真心が、真っすぐ私に向けられていた。

「今までたくさん苦労してきたぶん、今度こそリサに幸せになってほしい。そのためなら、俺はなんだってする」

クリスの言葉が心の琴線に触れて、ポロリと涙が溢れた。自然と唇が震える。私はそっとクリスの手のひらに、もう片方の手を重ね合わせた。

「クリスの気持ちが嬉しくて、それで……」

そこで言葉に詰まる。大きな感情が湧きあがり、涙が止まらない。クリスはソファの隣に腰かけて体をこちらに向けた。

「リサ」

熱を含んだ声色で私を呼ぶ。私の頬を優しく撫でると、クリスはそっとそこにキスをした。

「クリス……」

唇は私の反応を窺うようにすぐに離れる。あまりにも切迫した狂おしい眼差しに射貫かれ、息が止まりそうになる。クリスがひとりの男性として私を切実に求めているのがわかった。

彼は私の下唇をそっと指の腹でなぞる。伏し目がちなクリスの色気に気圧され、私はただ頬を赤らめることしかできない。

あんなに強かった雨音がもう聞こえない。雨が止んだのか、それとも脳がジンジンと痺れたみたいに機能しない状況だからか。

隣に座るクリスから目を逸らせない。唇から指が離れたのを合図のように、クリスの顔が近づく。

こんな状況になっても、クリスは私の反応をよく見ている。

迷う私に、猶予を残してくれているのだろう。逃げることは簡単だった。でも、そんな選択肢が私にはなかった。

私もクリスが好きなのだ。

思えばあの日、私の前に現れた強くて逞しい騎士姿のクリスに、私はひと目で心を奪われていたのだと気付く。

一緒に暮らしはじめてからも、彼のことを知れば知るほどに惹《ひ》かれた。魅力的な男性は数多《あまた》いるはずなのに、今までどの男性にも心惹かれなかった。

けれど、クリスは違う。私も彼を心の底から愛してしまった。

互いの息遣いすら感じる距離で見つめ合う。言葉はもはや必要なかった。私はクリスを受け入れるように、彼の形のいい唇に視線をスライドさせた。

それをきっかけに、クリスの唇が私の唇に触れる。

「んっ……」

触れ合った瞬間、体が熱くなる。

一度離れた後、角度を変えて再び唇を塞がれる。優しく食《は》まれ、柔らかい舌が唇をなぞる。せり上がるような熱い想いに胸が苦しいほど満たされ、恋しさに耐えられず私はクリスの広い背中に腕を回した。

その想いに応えるように、クリスは私の体を抱きしめ返す。抱き合い、互いを求めるようにキスを繰り返す。首の後ろに手を添えられ、逃げ場を塞がれる。

キスの合間に息を吸い込もうと唇を開くと、その隙間からクリスの熱を帯びた舌が差し込まれ、私の舌を搦め捕る。絶妙な刺激に下半身が疼き、たまらず両膝を擦り合わせる。

「リサの可愛い姿を見られるのは、俺だけだ」

クリスは独占欲丸出しで満足げに微笑むと、私の額に、瞼に、口付けを落とす。

唇を離して私を見つめ、彼は愛おしそうに私の髪を撫でつけてから首筋に顔を埋めた。火照った舌先でなぞられて体がピクッと反応する。肌に触れた熱い舌の感覚に頭の中がふわふわする。

「愛してる」

耳たぶを食まれた後、愛の言葉を囁《ささや》かれて、自然と甘い吐息が漏れる。再び訪れたキスの雨の後、私はソファに押し倒された。

「クリス……」

潤んだ瞳で彼を見上げて、クリスの腕に縋《すが》りつく。

「リサが欲しい」

彼の呼吸は荒く、その目には確かな欲情の色が浮かびあがっていた。大きな手のひらが私の体のラインを確かめるように、腰をなぞる。敏感になった体は、その先を期待するかのように小刻みに震えだす。

「大切にする。ずっと一緒にいよう」

決意を込めたクリスの言葉に、ハッと我に返る。

愛するクリスに抱かれることを私は望んでいる。

けれどこのまま抱かれてしまえば、クリスに未練を残すことになる。

真面目な彼のことだ。体の関係だけで済ませようとは考えないだろう。気持ちを告げたのも、私との将来を見据えてのこと。先ほどの言葉にも、なにがあっても私と一緒にいるというただならぬ決意を感じた。

でも、私は……。ずっとクリスと一緒にいると、約束することはできない。

「……ごめんなさい」

私は、はちきれそうなほどの胸の痛みを抱えながら、クリスの胸を両手で押し返した。

「どうしてだ……。俺が嫌いか?」

切なげなクリスの表情が私を苦しめる。

「違います。そうじゃない」

「じゃあ、なぜだ」

目を伏せる。私は病気で、余命わずかな身。いつ病状が悪化するかわからない。そんな状況で、クリスに抱かれることはできない。

『愛してる』というクリスの告白に私は喜びに打ち震えた。私のことをこんなにも愛してくれる人ができるなんて、考えてもいなかった。

それ以上に、私はクリスを愛している。彼が大切だからこそ、傷つけたくない。ウエストリィング王国に戻って幸せになってほしい。

たとえ、彼の隣にいるのが私ではなくても。

クリスの未来を想い、私は断腸の思いで彼を拒む決断をした。

「言いたくないことなんだな」

黙る私を見てそれ以上の追及をやめると、彼はそっと私の手を引いて体を起こし、ポンポンッと優しく頭を叩いた。

「ごめんなさい」

「気にするな。俺が急ぎすぎただけだ」

彼は努めて冷静な口調で言うと、私の肩をそっと抱いた。

「今まで話しそびれていたんだが、あちらの世界には魔法を使える者がいる。治癒力を持つ魔女もいるんだ。ウェストリィング王国へ来れば、リサの病気が治るかもしれない」

「私の病気が、治る……？」

彼の言葉に一瞬、希望の光が見えた。クリスの言うとおりウェストリィング王国へ行けば、病気が治癒する……!?

けれど、すぐ我に返る。クリスは『病気が治るかもしれない』と可能性を口にしただけで、それは賭《か》けのようなもの。治らなければ、私はじきに死ぬ。

クリスは幼い頃に母を亡くしている。立場も状況も違うけれど、大切な人を失う悲しみを私は身をもって知っている。クリスの愛情を感じるからこそ、彼を悲しませるようなことはしたくないと強く思う。

「俺は、ウェストリィング王国へはリサを連れて一緒に帰りたい」

私の肩を抱く手に力がこもる。

「これだけは言わせてくれ。なにがあっても、リサを愛するこの気持ちは絶対に揺るがない。リサが望むことなら、俺はなんだってする」

小さく震える私を、クリスは守るように穏やかに見つめた。その優しさが今はつらい。目頭が熱くなり、感情を押し殺すようにキュッと唇を噛んだ。

第七章　幸せな時間

　クリスに気持ちを打ち明けられてから三日が経った。

　よく晴れたこの日、定期通院のために病院へやってきた。診察室に入ると、検査結果を見た医師が険しい表情を浮かべた。病状が悪化しているのは明らかだった。椅子に腰かける私の隣には、馴染みの看護師がそっと寄り添ってくれた。

「息苦しい日が、多くなってきたんじゃないですか？　急いで入院しましょう」

　私は医師の言葉に小さく頷いた。自分でもわかっていた。

　クリスたちの前ではできるだけ笑顔で元気に振る舞っていたものの、体調の悪化は著しい。気力でなんとか自分を奮い立たせていたけれど、それもいずれはできなくなるだろう。

　医師は手元のパソコンを操作して、提携する緩和ケア病棟の空きを調べた。

「入院日ですが、明後日にしましょうか」

「すみません。明後日に入院することはできません。それ以降でしたら、いつでも入院できます」

明後日は、空に満月が浮かぶ。

クリスとモフオが、ウェストリィング王国へ帰る日だ。今の私のなによりの使命は、彼らが無事に自国へ戻る手助けをすること。この目で帰るところを見届けるまで、入院はできない。

たとえ、自分の命の炎を擦り減らすとしても。

「正直に申し上げると、痛みや息苦しさは日に日に強くなります。入院を遅らせれば、瀬野さんがつらい思いをするんですよ」

医師は私の気持ちを慮りながら、諭すような口調で言った。それでも、私の決意は揺るがない。

「勝手なことを言っているのはわかってます。でも、まだ入院はできません。生きている間に、どうしてもやりたいことがあるんです」

「……わかりました。では、五日後にしましょう。この後、看護師の説明を受けてくださいね」

医師は私の意思を尊重して、渋々納得してくれた。隣にいる看護師さんを見上げると、「よかったね」というように顔の横でガッツポーズをした。

別室に移動すると、看護師から緩和ケアの入院の説明を受けた。

「駆け足での説明になっちゃったけど、わからなかったこととか聞きたいことはある？」

「いえ、大丈夫です。色々と親身になってくださって、ありがとうございます」

向かい合わせの看護師に小さく頭を下げると、彼女は私を穏やかに見つめて微笑んだ。

「ずいぶん表情が明るくなったわね」

「え？」

「最初にあなたに会ったときは、うちの娘に年が近いのもあって本当に心配だったの。病気の告知を受けても全然動じなかったでしょう？　あのときのあなたは、まるですべてを諦めているみたいな目をしていたから」

薄っすら涙を浮かべる看護師。母の姿を最後に見たのは十二歳だったけれど、生きていれば彼女ほどの年齢になっているのだろうか。

たしかに告知を受けたとき、私はどこか他人事のように医師の話を聞いていた。

両親に置いていかれ、養父母からは『いらない子』と疎まれ、ついには神様からも見放された。私は生きることすら許されないのか。悲しみや苦しみや怒りより、虚しさが湧きあがった。

けれどあの日。クリスとモフォに出会って、私は変わった。

彼らに必要とされ、ようやく自分の存在価値を見出すことができたのだ。

灰色だった私の世界に、光が差した瞬間だった。

「入院をする前に、やりたいことがあるのよね？」

大きく頷く。

「今はそれを心の支えに生きています」

「そう。一度きりの自分だけの人生だもの。後悔しないようにやりたいことはやらなくちゃ。応援してるわ」

「ありがとうございます」

看護師に背中を押され、私は笑顔でカンファレンスルームを後にした。

五日後に入院が決まったというのに、私の心は晴れやかだった。

病院を出ると、真っ先に家に足を向ける。クリスやモフォと一緒にいられる時間は少ない。だったら、一秒でも長く彼らと過ごしたい。彼らは私にとって心の拠りどころだ。

ようやく家にたどり着いた。玄関の前でバッグの中に手を突っ込んで鍵を捜していると、扉が開く。

クリスが「おかえり」と言って出迎えてくれる。

「ただいま」

私は笑顔で答える。きっと、帰りを今か今かと待っていてくれたに違いない。胸が幸せで満たされる。ずっとこんな日が続けばいいのに……。そんな欲張りな願いが込み上げてきて私を苦しめた。

「ミャッ！」

靴を脱いでスリッパを履いた私のところへ、モフオが駆け寄ってきた。

「ただいま。帰ってきたよ」

しゃがみ込んでモフオの顔や頭をナデナデすると、モフオが首を伸ばして私の唇にチュッとキスをした。

「ふふっ。モフオ、キスしてくれたの？　可愛い！　ありがとう」

驚きながらもモフオの意外な行動につい喜んでしまう。

「モフオ！　たとえ子供でもお前は男だ。よくも俺の前でぬけぬけと！」

ワナワナと唇を震わせるクリスを一瞥《いちべつ》すると、フンッと呆れたように顔を背けてリビングに走っていくモフオ。

「おい！　逃げるな」

それを本気で追いかけていくクリス。最近のクリスとモフオは本当にいいコンビだ。私はそんな彼らを見てクスクスと笑った。

その日、夕食を済ませた後、クリスに声をかけて私は敷地内にある動物病院へ向かった。

「田中先生」

受付で難しい表情を浮かべていた院長に声をかける。

「おお、リサちゃん。体調はどう？」

私は院長のそばまで歩み寄って、五日後に緩和ケア病棟に入院することになったと告げた。

「そうか。五日後……か。入院するときは色々な手続きがあると思うし、僕が付き添うよ」

壁掛けのカレンダーに視線を向けた院長。その日は、ここの診療日にかぶっている。

「ひとりで大丈夫です」

「いや、そういうわけにはいかないよ。それに、入院するならモフオはどうする？約束どおり、僕が引き取るよ」

モフオが元気に育っていることは、先生に報告している。

「ありがとうございます。でも、モフオは知り合いが引き取ってくれることになったので」

「そうか……それならよかったよ。他にできることはある？」

「でしたら私の入院後、たまにお見舞いにきてもらえませんか？　持ってきてほしいものを届けてもらえたら助かります」

「わかった。じゃあ、そうするよ」

院長が頷く。

「それより、先生。なにか困りごとが？」

「いや、困りごとなんて全然ないよ」

手元の大量のマニュアル書類を私に見られないように隠そうとした院長。私が詰め寄ると、会計の事務作業に苦戦していると白状した。

「こういう細かい事務仕事とパソコン作業はサッパリでね。自分ひとりでできるなんて偉そうに言ったくせに、情けないもんだ」

困った様子の院長に私はこんな提案をした。

「それ、私にやらせてもらえませんか？」

「それはもちろん助かるけど、リサちゃんの体に障るよ」

「大丈夫です。それに、こうなってしまったのは私の責任なので」

私は院長の心配を押しきって、久しぶりの事務仕事に没頭した。

私はこの仕事が好きだった。それに飼い主や動物との触れ合いは、私の癒やしだった。

けれどこうやって仕事をするのは、きっと今日で最後になる。

院長にはまだ、新しい事務員を迎える気がないようだ。早く求人を出さないと診察だけでなく膨大な事務仕事を抱えてしまうことになるのに。

「終わりました」

診察室で片付けをしていた院長に近づいていき、声をかける。

「ありがとう。本当に助かったよ」

「いえ。それと、よかったらこれ使ってください」

私は院長にノートを差しだした。

院長が休職させてくれた後、私は毎晩コツコツと業務内容を書き込んだノートを作っていた。マニュアル人間の院長のためにできるだけ細かくノートにまとめて、大事な部分には付箋《ふせん》を貼った。私がいなくなった後に入る新しい事務員への引き継ぎの役に立ってくれたら嬉しい。

「これ、全部リサちゃんが？　大変だっただろう」

びっしり書き込まれた文字に目を丸くした後、院長は私を見つめた。

「いえ。私にできることは、これくらいしかないので」

「リサちゃん、もっと僕にできることはない？　してほしいことがあれば、遠慮なく言ってほしい」

私は微笑み、首を横に振る。

「先生には本当に感謝しています。こうやって父の動物病院を守って、私を雇い、住む家まで与えてくれた。もう充分です」

すると、院長はあらたまったように言った。

「僕はね、いまだにリサちゃんのお父さんとお母さんがいなくなってしまったのには理由があると信じてる。アイツは一緒に酒を飲むと、嬉しそうに奥さんとリサちゃんの話をするんだ。彼は誰の目から見ても愛妻家で子煩悩な、いい男なんだよ」

院長は一貫して、両親が自分たちの意思で失踪するはずがないと主張しつづけていた。それは十二年経った今も変わらない。

当初から両親がなんらかの事件や事故に巻き込まれたと疑い、養父母だけでなく警察にも訴えかけてくれていた。

両親が失踪したあの日。

なぜか私はトネリコの木の下で、ひとり意識を失い倒れていた。

不思議なことになぜそこへ行ったのか、まったく記憶にない。それどころか、一部の記憶がすっぽりと消え失せていた。病院に行くと両親の失踪などの心理的ショックにより、記憶が消失してしまった可能性が高いと診断された。

「ありがとうございます。私も同じ気持ちです」

結局両親はいまだに見つからないけれど、私と同じ気持ちで両親を信じてくれた院長の存在はずっと心強く、ありがたかった。

今までの感謝を伝えて院長と別れ、家に帰りリビングに入る。そこには、そわそわと落ち着かない様子のクリスの姿があった。

「戻りました」

声をかけると、クリスは心配そうな面持ちをしていた。

「ずいぶん遅かったな」

「ちょっと仕事を手伝ってきました」

「そうだったのか。あと少し遅かったら、動物病院まで迎えにいこうと思っていたんだ」

「ふふっ。過保護すぎです」

照れ隠しで微笑みを浮かべながら、擦り寄ってきたモフオを抱き上げてソファに座る。

モフオは日に日に成長し、今ではずっしりと重たくなった。

ミルク生活はもうしばらく続くものの、それ以外のものを食べる練習をしていく必要がある。とはいえ数日前、鶏肉を食べさせるチャレンジをしたものの、ちょんちょんと前足で触れる以外、一切の興味を示さなかった。離乳するまでにはもう少し時間がかかりそうだ。モフオは目を細めて私を見つめる。

これからもずっと、モフオの成長をそばで見ていたかったな……。

切なさが込み上げ、私はスリスリとモフオに頬擦りした。しばらくすると、モフオは私に抱かれたまま眠ってしまった。

ゆっくりとペットベッドに運ぶ。今までは毎日モフオと一緒に眠っていたけれど、そろそろお互いに離れる練習をしておくべきだろう。モフオが起きないようにペットベッドに下ろす。

「おやすみ、モフオ」

私はそっと額を撫で、名残惜しい気持ちでモフオから離れた。

時計の針は午後十時を回った。リビングのソファで動物の本を読んでいると、お風呂から上がったクリスが髪を拭いながらやってきた。私はパタンッと本を閉じてローテーブルの上に置くと、ミネラルウォーターを飲むクリスに視線を向けた。

「突然なんですが、明日クリスとモフオと私で東京に行きませんか？」

私の提案にクリスは面食らったように目を見開いた。

「東京？　体は大丈夫なのか？　俺が前に東京へ行ってみたいと言ったのを気にしているなら――」

「違います。私が行きたいんです」

クリスは以前から、日本の首都である東京に興味をもっていた。こうやって一緒にどこかへ遊びに出かけるのは最後になる。だったら、思い出づくりにクリスの行きたい場所へ行こうと思い立った。私はクリスとモフオと一緒ならばどこへ行っても楽しめる。

「具合が悪くなったら、ちゃんとクリスに伝えます。ただ、モフオはキャリーの中にいてもらわないといけないですが」

「日本に白虎はいないんだったな？」

「そうなんです。だから動物園以外にいるのを知られたら、大騒ぎになっちゃいます。

特にＳＮＳには注意しないと」

モフオの存在がＳＮＳ上にアップされれば、瞬く間に拡散されてしまう。本当は家でお留守番をしていてもらえたほうが安心だけど、一日中置いていくのは、どうしても心配だった。

「リサの体調のこともあるし、あまり長居せず帰ろう」

隣に座ったクリスと一緒に東京のガイドマップを見て計画を立てていると、クリスがふと神妙な顔つきで尋ねた。

「リサ、これはデートなのか？」

「はい？」

ポカンッと口を開ける私に構わず彼は続ける。

「この国では、互いに恋愛的な関係の発展を期待して、日時や場所を決めて会うことをデートと言うんだろう。俺はリサが好きだ。今以上に関係を発展させたいと思っている」

あまりにもストレートなクリスの言葉にクラクラする。私の感情をこれ以上ないほどに揺さぶっておきながら、当の本人はいたって大真面目だからたまらない。

「あ、だがモフオも一緒だと、デートとは言わないんだろうか」

「モフオがいてもデートです。明日を楽しみに、今日は早く寝ますね」

「デート？　ということは、リサも——」

「おやすみなさい」

彼の言葉を最後まで聞かずにそう告げて、リビングを出る。

あの日から、クリスはわかりやすい好意を向けてくれる。言葉や態度で自分の気持ちを示してくれるのが嬉しい半面、それに応えることのできない心苦しさやもどかしさが募っていく。病気のことさえなければ、今すぐ彼に気持ちを打ち明けただろう。心も体も、彼と結ばれたいと切に願っていたはずだ。

けれど、私は余命いくばくもない。将来のある彼からは身を引くのが、今の私にできる最善の方法だ。

二階の自室に入ると、後ろ手に扉を閉めてズルズルとその場に座り込んだ。胸が抉られたように痛む。鼻の奥がツンッとして、目頭が熱くなると同時にボロボロと涙が溢れた。

「っ……」

張り裂けそうな胸の痛みが彼への愛情の深さを物語っている。知れば知るほど、一緒にいる時間が長くなるほどに気持ちは膨らみ、抑え込むことが難しくなる。

息苦しいほどに愛おしい。

こんなふうに誰かを愛せる日が来たのに、気持ちを伝えることもできないなんて。

切なさが全身に込み上げ、ひんやりと冷たい床に座ったまま涙を流しつづけた。


翌日は柔らかな日差しが届く、雲ひとつない晴天だった。

モフオは購入しておいたキャリーに入れて移動することにした。手提げとリュック型の2wayで使えてとても便利だ。

キャリーに入るのを嫌がる犬や猫は多い。けれどモフオはなんの迷いもなく、お出かけを喜ぶようにあっさりと入ってくれた。

モフオが安心できるように、いつもペットベッドに入れているお気に入りのブランケットも一緒に入れる。キャリーにはのぞき窓があるが、白虎が中にいると知られないように窓は覆って、外から見えないようにした。可哀想だけれど、仕方がない。

電車に乗り、東京を目指す。初めての電車にクリスは驚いた様子だった。

車内は休日の昼間ということもあり、比較的空いていた。

空席に私を座らせると、クリスはモフオの入ったキャリーバッグを胸の前で抱え、守るように私の席の前に立った。吊革に掴まらずに立っているというのに、電車の揺れにも微動だにしない。クリスの体幹の強さはさすが騎士だ。

車両内でもひと際背の高いクリスにはあちこちから視線が向けられる。けれどクリスはそんなことは気にせず、常に気を張り、周りの男性を注意深く観察して警戒している。

というのもこの間、電車で女性が痴漢被害に遭ったというネット記事を見かけたらしい。そんなに心配しなくても大丈夫だと諭しても、『他の男には指一本触れさせない』と意気込んでいた。

家を出てからずっと神経を尖《とが》らせているクリス。彼の周りに漂う強烈なオーラに男性陣はたじろぎ、みながすぐに目を逸らす。電車に乗り込んでから、クリスはずっと立ちっぱなしだ。

ふいに目が合うと、クリスは「ん?」というようにわずかに首を傾げる。私を見下ろす彼の表情は、先ほどとは打って変わって優しい。鼓動が速くなる。彼の視線が注がれたまま、私は首を小さく横に振る。こんなふうに彼に守ってもらえるなんて幸せだ。今日だけは余計なことは考えず、クリスとモフオとの時間を楽しもうと決めた。

私たちの行き先は東京下町の代表格、浅草《あさくさ》。有名な浅草寺《せんそうじ》や雷門《かみなりもん》などの歴史的建造物をクリスに見せたかったからだ。

まずは浅草寺でお参りを済ませた後、宝蔵門《ほうぞうもん》から雷門まで続く仲見世《なかみせ》通りをゆっくりと歩く。

「ずいぶん人が多いな」

「そうですね。迷子にならないようにしないと」

クリスが驚くのも無理はない。休日ということもあり商店は多くの観光客で賑《にぎ》わっている。特に外国人観光客が多い。

すると、クリスがそっと左手を伸ばしてギュッと私の手を握った。

「嫌かもしれないが、我慢してくれ」

彼の大きな手のひらの熱に浮かされる。これじゃまるで恋人同士だ。クリスは私のことを気遣うように、手を引いて歩きだした。

しばらく行くと事前にチェックをしておいたお店があったので、そこに立ち寄ることにした。

「美味しい！」

「たしかに美味いな。これは初めての食感だ」

目にも鮮やかな、ずんだの串団子を店の前で頬張る。ふいに子供の頃の記憶が蘇る。

旅行好きだった両親は休日になると、私を連れて観光地を巡った。その土地の名物料理や珍しい食べ物をあちこち食べて回るのが、私も大好きだった。

「クリスのも美味しそうですね」

クリスはみたらし団子を選んだ。

「俺のも食べてみるか？」

「いいんですか？　じゃあ、私のぶんも。交換こしましょう」

クリスが団子を私の口の前に差しだした。私はちょっとだけためらいながらも、クリスのお団子を口に含んだ。

「ん。こっちも美味しい」

「俺ももらう」

今度はクリスが私のお団子を頬張る。団子を味わいながらクリスが頷く。

「どっちの味が好きでしたか？」

「どっちも選べないぐらい美味いな。リサは？」

「うーん……。私もどちらも好きでした」

目が合うと互いに笑い合う。

私たちは食べ歩きマップを確認しながら、商店街を回りお腹を膨らませた。食べ物を二種類買ってシェアしたおかげで、ちょっとずつたくさんの種類を食べることができた。

互いに感想を言い合いながら歩いていると、商店街を抜けてすぐの場所に遊技場を見つけた。中を覗くと、昭和を思わせる店内に射的、奥には弓道場があった。どちらも点数制になっていて、その点数ぶんの景品をもらえるらしい。

景品の中には白虎のぬいぐるみがあった。モフオよりも少しだけ大きいぬいぐるみに、目が釘付けになる。

あのぬいぐるみをモフオの隣に置いて、写真を撮りたいっ……！　モフオがぬいぐるみを抱っこして寝ている姿を想像するだけで、胸がキュンッとする。

それに、本物のモフオを抱きしめられるのは明日が最後だ。

モフオの代わりに、白虎のぬいぐるみを抱きしめて眠れたらいいな……。

「あのぬいぐるみ、モフオみたいで可愛いなぁ……」

独り言を漏らすと、店のおじさんが声をかけてきた。

「そのぬいぐるみ、可愛いでしょ。ただ、点数が高いから取るのは相当難しいよ」

「そうですよね。私、射的も弓矢もどちらも全然ダメなんです」

私が肩を落としていると、「――俺が取る」とクリスが言ってのけた。

おじさんは待ってましたとばかりに、挑発的な笑みを浮かべる。

「じゃあ、彼氏に頑張ってもらったらいい。お兄さん、射的と弓矢どっちをやる？」

私は三百円をおじさんに支払った。

「これにする」

クリスが弓矢を指さすと、おじさんはガハハと豪快に笑う。

「いやいや、彼女にいいところ見せたいのはわかるけど、弓矢は難しいぞ？　射的のほうがまだ難易度は低いよ」

説得されても考えを変えずに弓矢を選択したクリスに、おじさんはやれやれと説明をはじめる。

「まずは弓を持つんだ。そうそう、そんな感じね。それで、二本指で矢の後ろを持って、頬の位置まで引っ張って……」

おじさんが言い終わる前に、クリスが真剣な表情で弓を構えた。ピンッと背筋を伸ばして的を見つめるその姿は勇ましい。騎士であるクリスの姿が想像できて、胸が熱くなる。

クリスが右手を離すと矢は一直線に飛び、的の真ん中に命中した。

「おおっ、すごいな！　お兄さん、運がいいねぇ！　ただ、あのぬいぐるみが欲しいなら、的の真ん中に全部の矢を当てないといけないんだ。厳しいぞぉ～？」

「リサが望むなら、俺はなんだってすると約束したんだ」

一矢目は偶然だろうと半笑いのおじさんを横目に、二本目を構えるクリス。

その後、すべてを的の中心に当てたクリスに店内にいた客が歓声を上げる。

「嘘だろ。全部、的の真ん中に当てた奴は今までひとりもいなかったのに」

おじさんは驚きながらも「おめでとう」と白虎のぬいぐるみを私に手渡した。

「ありがとうございます！　本当に嬉しいです」

店を出てぬいぐるみをギュッと胸に抱いて、クリスにお礼を言う。

「あれぐらいのことは簡単だ」

聞くと、騎士になる前に弓の猛特訓をしたらしい。馬に乗ったまま敵を射ることもあるという。だから、動かない的に矢を当てることはクリスにとって朝飯前だったようだ。

私はキャリーの中で大人しくしているモフオに声をかけた。

「モフオ、ちょっとだけ遊ぼうか」

私の言葉がわかったかのように、モフオは「ミャッ！」と鳴いてキャリーの中で飛び跳ねた。

歩いて十五分ほどの距離に小さな公園がある。その近くに最新の遊具のある大型公園ができたせいで、人気《ひとけ》が少ないとネットで調べた穴場だ。予想どおり人はおらず、寂れてガランとしている。木の腐食が進んだベンチにキャリーを置いて、もしものときのためにモフオの首に首輪とリードをつける。

「リサはここで休憩しててくれ」

「ありがとうございます」

クリスはモフオを地面に下ろすと、リードを掴んで歩きだす。

「待て！　そっちに行くな！」

ぐいぐいと引っ張るモフオの後をついて回るクリスの姿に、思わず笑みが漏れる。出会ったばかりの頃はクリスの姿を見ただけで唸り声を上げていたのに、今ではすっかり打ち解けて仲良しだ。クリスはモフオに嫌われていると嘆いていたけれど、私には心からクリスを慕っているように見える。

私はポケットから取り出したスマホで、彼らの姿を写真と動画におさめた。

クリスとモフオは明日、ウェストリィング王国へ帰る予定だ。

彼らがいなくなった後、私はひとり。

そう考えると、胸が張り裂けそうになる。

けれど、クリスはウェストリィング王国になくてはならない存在だ。騎士団長として軍を率いる責務がある。モフオも聖獣として国の守護を願わなくてはならない。

私は笑顔で彼らを送りだすと決めた。

久しぶりに思いっきり屋外で走り回ったモフオは疲れてお腹が空いたのか、私の足元まで駆け寄ってきた。そして用意していたミルクを飲み終えたタイミングで、公園に子連れの親子がやってきた。

「そろそろ行くか。モフオ、いい子にしてるんだぞ」

クリスはまどろんでいるモフオをキャリーの中に入れると、ゆっくりと背負った。

時刻は午後二時を回ったところ。楽しい時間はあっという間だ。人気の多い大通りを歩いていると、なにやら前方に人だかりが見える。目を向けると、そこには重厚な鎧を纏った、騎士のような格好の人間がいた。

「まさか……」

私とクリスは目を見合わせて、その人物の元へ歩を速めた。

近づいていくと、若い女性が騎士を囲み写真撮影を行っている。

短い栗《くり》色の髪。子犬のような人懐っこい笑みを浮かべて腰に手を当てて胸を張るポーズを決める騎士に、女性たちは大喜びだ。その周りにはコスプレの撮影会のごとく、カメラを構える人々がいる。

騎士はポーズのリクエストにも気軽に応じ、サービス精神旺盛だ。

「次の人、どうぞ」

騎士が目尻を下げ、緩んだ表情を浮かべてこちらを見る。

すると、その視線が私からスライドして横にいたクリスに向けられる。

瞬間、彼はわかりやすく目をしばたたいた。

幽霊を見たかのように目を見開いてクリスを凝視したかと思えば、今度はあわあわと唇を震わせる。

「ネイトだな？」

「クリス団長！」

ネイトと呼ばれた男性は、目を潤ませて感極まった様子でクリスに抱きついた。

「やっと会えた……！」

彼は長身のクリスと同じぐらいの背丈だけれど、がっちりとして体格がいい。けれどその体に似合わず可愛らしい顔を、これでもかというほどくしゃくしゃにしている。

まるで恋人との再会を喜んでいるような、熱い抱擁《ほうよう》だった。

そうでなくても人の注目を浴びているというのに、騎士が美男子に抱きついたことで、それを見ていた女性たちが黄色い歓声を上げて一斉にスマホを構える。

「よかった……！　ずっと捜していたんです」

ネイトさんは喜びを爆発させてクリスをきつく抱きしめる。

「やはりお前もこの世界に来ていたんだな」

「はい！　またこうしてクリス団長と会えるなんて、まるで夢みたいです……！」

「ああ、だが話は後だ。とりあえず、今すぐ俺から離れろ」

「す、すみません」

だらりと腕を垂らしたままのクリスが冷静な口調で言うと、彼はそそくさと腕を離した。

「ここは人が多すぎて、落ち着いて話が聞けそうにない。場所を変えるぞ」

すると、小柄で可愛らしい女性が話に割り込み「あたしも写真いいですか？」とネイトさんを見上げてお願いした。

「団長……すみません」

「なんだ」

訝しげにクリスが尋ねる。

「あと一枚だけ写真いいですか？　女の子のお願いは聞かないと」

「ハァ……。勝手にしろ」

そのおどけた調子に、クリスは心底呆れたように低い声で答えた。

鎧姿のネイトさんを連れて電車に乗り込むと、あちこちから視線を浴びた。

彼はぐぅーと鳴るお腹を手のひらで摩る。どうやら、今朝からなにも食べていないらしい。今すぐお店に連れていってご飯をごちそうしたいのは山々だけれど、この格好で長時間街をうろつくのは目立ちすぎる。

それに、今頃SNSにはネイトさんの写真がアップされ、拡散されていることだろう。居場所を特定されたり、怪しまれて警察に職務質問でもされたりしたら大変だ。

それにしても。ふたりが並ぶと絵になる。

周囲の女性をひと目で虜にするほどの美男のクリスと、犬のように愛くるしい顔に似合わず猛々《たけだけ》しく野生的な肉体をもつネイトさん。車内にいる人間は男女問わず彼らに釘付けになる。

座席に座る私の前を塞ぐように立つふたりを見上げると、ネイトさんと目が合う。彼はにっこりと満面の笑みで返してくれた。電車に乗るまでの間に簡単に自己紹介を交わしただけなので、彼の私への視線は興味に満ち溢れている。

「おい、リサをジロジロ見るのはよせ」

「え。見てたのバレてましたか？」

「当たり前だろ」

クリスに諭され、タジタジになるネイトさん。そんなほっこりとした平和なやりとりに安心する。そして久しぶりの外出で疲れがでた私は、電車に揺られウトウトと船を漕いだ。

その後。少し寝たことで体力をいくぶん回復した私は、ぐったりしたり倒れたりすることなく家にたどり着けた。

敷地に入ると、ネイトさんがキョロキョロと辺りを見回す。

「この場所、見覚えがある。そうだ……。俺が倒れていたところだ」

彼の後を追うと、家の奥の東側にあるトネリコの木の前で立ち止まった。

「俺が倒れていた場所はここです。間違いない」

ネイトさんが指さしたのは、ウェストリィング王国の盾が落ちていた場所だった。

「この世界は本当にすごいですね！　食事もあっという間に届けてくれるし、まるで夢みたいだ」

家に入ったタイミングで、あらかじめ頼んでおいたフードデリバリーが到着した。

Ｌサイズのピザやポテトをぺろりと平らげ、それらを炭酸で流し込んだネイトさんは口を拭いながら満足げに言う。

食事を終えて少し休むと、お風呂に入るように促した。クリスが使い方を説明しようとしたけれど、彼はすでに知っていたらしい。お風呂から上がると、首にタオルを巻いてリビングのソファでくつろぐ。

彼は、信じられないほどこの世界に順応していた。

ダイニングテーブルに向かい合って座っていた私とクリスは、目を見合わせると苦笑した。

「ネイト、お前はいつこの世界へ来たんだ」

クリスが尋ねるとネイトさんはスッと立ち上がり、彼の隣の椅子に座って話しはじめた。

「あの夜、団長と白虎が青い光に包み込まれるのを見たんです。ただ、無我夢中で団長に手を伸ばして掴んだ後の記憶は、まったくありません。気がつくと、この家の庭のあの木の下に倒れていました」

聞くと、ネイトさんもどうやらクリスと同時期に日本へやってきたようだ。家の西側の木の下にクリスとモフオ、東側にネイトさんが転移してきたらしい。夜だったこともあり、互いの存在を確認することは難しかったようだ。

「ここからどうやって東京まで移動したんだ。そもそも、今までどこにいた」

私も同じ疑問を抱いていた。この場所から東京までは距離がある。それに、あの格好のまま移動をすれば人目につく。

「俺も、最初はわけがわからなかったんです。当てもなく彷徨《さまよ》っていたら、馬がなくても走る馬車に乗る女性から、声をかけられたんです。ああ、ここでは車って言うんですよね。コスプレがどうたら言っていたんで、うまく話を合わせたんです。そしたら、東京へ連れていかれました」

「お前らしいな」

クリスが納得したように頷く。

「はじめは彼女に話を合わせて、嘘を織り交ぜながら事情を説明しました。でも、彼女があまりにも親身になってくれて心苦しくなってしまって……」

ネイトさんが困ったように伏し目がちに言った。

「結局、彼女にはすべてを正直に話しました。その事情を知ってからも、彼女は変わらず俺の面倒を見てくれたんです。ただ、その子には遠距離恋愛をしている男性がいるらしくて……。俺たちの間に男女の関係はありませんでしたが、俺が同じ屋根の下で暮らすというのは、あまりいいことではありません。これ以上迷惑をかけられないと思って、今までのお礼を伝えて今朝、家を出ました」

「家を出てどうするつもりだったんだ」

「その子に教えてもらったんです。この世界にはSNSというものがあり、情報が拡散されると。俺が騎士の格好で目立つ場所にいれば、必ず誰かがSNSに上げる。そうしたら、それをきっかけに団長に届くんじゃないかと考えたんです」

「なるほど。それで写真撮影に応じていたわけか。それにしては、ずいぶん楽しげだったな」

呆れた様子のクリスに、ネイトさんはおどけたように肩を竦める。

「実は、女の子にキャーキャー言われて嬉しくなっちゃったんです。だってクリス団長がそばにいると、女性はみんな団長しか見ないじゃないですか」

「おい、関係ない話はやめろ」

急に険しい顔になったクリスが面白くて、私はネイトさんに尋ねた。

「やっぱり、クリスは女性に人気があるんですか？」

「それはもう！　侯爵家や伯爵家の貴族の娘からの求婚が後を絶たないんです。この見た目かつ腕っぷしも強い。さらには、異例の若さで騎士団長を任されるほどの才覚がある。女性たちが放っておくはずがない。男の俺ですら、団長の男気にはクラクラさせられてます」

「俺の話はもういい」

自分の話をされるのがよっぽど嫌なのか、クリスは苦虫を噛み潰したような表情を浮かべる。

すると、床でボールを転がして遊んでいたモフオが私の足元で「ミャー」と鳴いた。

「どうしたの？　抱っこする？」

なにかを訴えかけるように真っ青な瞳を向けるモフオを胸に抱く。それを見ていたネイトさんは目を丸くする。

「今さらですが、どうやって白虎を手懐けたんですか？　赤子とはいえ、白虎の扱いは難しいはず。国にいる調教師も手を焼いているのに」

「俺も不思議だったんだ。モフオとリサになにか繋がりがあるかもしれないとも考えたが、なにも思い当たらなかった」

クリスの言葉にネイトさんが続く。

「そういえば、リサさんは『セノ』でしたよね。偶然かもしれませんが、その名を耳にしたことがあって。失礼ですが、リサさんのご両親はどちらに？」

「両親は私が十二歳のときに失踪しました。それっきり、なんの音沙汰もありません」

「え……。それは、どういうことだ……」

ネイトさんが困惑した様子で首をひねる。

「どうした。どんなことでもいい。知っていることがあるなら、教えてくれ」

私より先に、クリスが尋ねた。私はわけもわからず、ネイトさんの言葉を待つ。

「リサさんに名を聞いたときから、頭の中でずっとなにかが引っかかっていて。今、それを思い出しました。子供の頃、異世界から『セノ』という男がやってきたという話を、両親に聞かされたんです」

ネイトさんが生まれる前、ウェストリィング王国では原因不明の疫病《えきびょう》により聖獣である白虎が次々に亡くなるという事態が起こった。様々な対策を打ったが、効果は得られずお手上げの状態になり、それを重く捉えた国王は複数人の魔法使いを呼び出し、解決法を模索した。治癒魔法を使える者もいたが、それはあくまでも人に限った力であり、残念ながら白虎に効くものではなかった。

集められた魔法使いの中には国内で唯一、召喚魔法を使える高齢の魔女がいた。

魔女は異世界から、人はもちろん白虎に対しても治癒魔法を使うことができる、ある人間を召喚することに成功した。

その男性は『セノ』と名乗ったという。私は食い入るようにネイトさんの話に耳を傾けた。

「それが父ということですか?」

「確実ではありませんが、可能性はあるかと」

召喚されたセノという男性は、国王に獣医師だと告げた。国王から事情を聞いたセノは力を貸すことを約束したという。そして、潜在的な治癒力を有していた彼は疫病に苦しむ白虎を知識と魔力で救ったのだそうだ。

「ま、待ってください。父はたしかに獣医師ですが、魔法なんて使えません」

ネイトさんの話しぶりに淀みはなく、真実を話していることがわかる。けれど、父が魔力を有するなんて考えられない。一緒に暮らしている間も、そんな兆候は一切なかった。

「そのセノという男に会ったことはあるのか?」

クリスの言葉に、ネイトさんは申し訳なさそうに首を振る。

「俺もそこまでは……。ただ、そこで国の調教師だった女性と恋に落ちて、今はセノの住む国で暮らしていると聞きました」

「もし仮にセノがリサの父親だとして、セノとその女性はどうやってこの世界に帰ったんだ？　やはり、満月とトネリコの木の力で……？」

「いや、そのときは魔女の力を使ったのだと聞いています」

ネイトさんの話を整理する。

もしネイトさんが言うセノが父だとしたら、父はウェストリィング王国に転移した後に母と出会い恋に落ちた。

そして、魔女の力を借りて母を連れてこの世界に……日本に戻ってきたということになる。

「ちょっと待て。国に召喚魔法を使える魔女がいるなら、俺たちをここからウェストリィング王国へ戻すことは簡単にできるはずだ」

クリスの言うとおりだった。

私がモフオの千里眼を通してウェストリィング王国を覗いたとき、クリスと白虎のモフオが転移した可能性に、クリスの兄である国王はすでに気付いていたようだった。

それなら、すぐにでも召喚魔法を使ってクリスたちを呼び戻すだろう。

「それはできません。国内で唯一召喚魔法を自由に操ることができた魔女は、もう亡くなっています」

「そんな……」

クリスが落胆する。

「ただ、魔女は自分の死期を悟り、ある約束をしてセノに青い石を送ったようです。その石には強い魔力が込められていました。もし再び国の聖獣に危機が起これば、青い石を通して知らせる。そのときは調教師の女性とともに、必ず助けに戻ってほしいと」

記憶をたどる。母は両親を早くに亡くし、親族は誰もいないと言っていた。それに、日本人には珍しいヨーロッパ系の顔つきをしていた。生まれつき髪は茶色く、私と同じ色素の薄い瞳の色をしていた。

けれど……。

「仮に、母がウェストリィング王国の調教師だったとしても、日本で暮らすのは難しいと思うんです。日本には戸籍というものがあります。母の出生によっては、私の戸籍だって作れないはずです」

「おそらく、青い石の魔力を借りたんでしょう。その程度の問題を解決するのは、簡単なことです。今までリサさんがなんの違和感も抱かずに過ごせたのも、青い石の魔力のおかげかと」

すると、クリスが私に目を向けて尋ねた。

「両親が持っていたという青い石は、今どこにあるんだ？」

「あれは……」

養母の顔が浮かぶ。

両親が失踪したとき、トネリコの木の下に落ちていた青い石のペンダント。養母は、私が持っていたペンダントを見て目を輝かせた。高く売れるかもと口元を吊り上げて意地悪く微笑み、私から奪い取るとポケットに押し込んだ。けれど質屋に持ち込んだものの、なんの石かがわからないため買い取れないと言われて、肩を落として帰ってきた。

ペンダントは母が常に肌身離さずつけていたものだったので、私は返してくれるように何度も頼んだ。けれどよほど気に入ったのか、養母はあれこれと理由をつけて返してはくれなかった。先日会ったときも、それは彼女の首元で輝いていた。

「養母が持っています」

両親が失踪した経緯を詳しく話すと、ネイトさんは「これは憶測ですが」と前置きをして背筋を正す。

「十二年前、再び王国でなにかが起こったのを知り、魔女との約束どおりリサさんの両親は青い石の力であちらの世界に行こうとした。当時十二歳のリサさんを一緒に連れていこうとしたものの、なんらかの理由でそれに失敗した」

彼が言ったことは、たしかに筋が通っている。

私は両親が失踪した日、トネリコの木の下で倒れていた。

そして目が覚めたとき、傍らには青いペンダントが落ちていた。

どうしてそんな場所に行ったのか。その記憶は、まったくないのだけれど……。

「たしかに俺がここへ転移したときも、青い光に包まれると抗うことができなかった。ネイトの推測が正しければ、リサの両親は今もウェストリィング王国にいる可能性がある」

両親の顔が瞼に浮かぶ。穏やかでいつも温かな優しい笑みを浮かべていた父と母。

もちろん、今までの会話はすべて仮定だ。

ネイトさんは両親に会ったことはないと言っているのだから、本当にふたりがウェストリィング王国にいるのかはわからない。

けれど両親に関する新しい情報は、私の心に希望の光を灯した。

「満月の夜にトネリコの木の下にいればウェストリィング王国に戻れるとばかり思っていたが、青い石の力を借りないとそれは叶わなかったんだな」

以前クリスが言っていたように、あちらからこちらの世界に来るには、特別な力を持った満月が魔力を増幅するので、問題はないのだろう。けれど、こちらからあちらの世界に行くには、月の魔力が足りないのだ。青い石がなければ、あちらの世界に行くことはできない。

「危なかったですね……」

私は神妙な顔つきで頷いた。

「そういえば、リサの父には治癒の魔力があったと言っていたな？」

「はい。そう聞いています」

「だとしたら、リサにも同じ魔力があるのかもしれない」

クリスは私に視線を向けた。

「初めて会った日、俺は腕に深い傷を負っていた。だが、それが翌日には嘘のようによくなっていたんだ。リサが夜通しで看病をしてくれたことは知っている。だが、それだけであんなによくなるはずがない。となると、リサには治癒魔法が使えるのだとしか考えられない」

「まさか！　私は魔法なんて使えません」

とんでもないというように、顔の前でブンブンッと手を振る。

「いや、団長の言うとおりかもしれません。セノがウェストリィング王国に来た当時、自分には魔法など使えないと国王に必死に訴えていたと聞いた記憶があります。けれど、魔女がセノに魔法の使い方を教えたらすぐに使いこなし、あっという間に習得したそうです。となると、考えられるのは……」

「この世界では魔法は思ったようには使えないが、ウェストリィング王国では自由に使えるということだな」

クリスがつけ加える。

「たとえ魔力を有していても、魔法を使うと体力を消耗するはずだ。もしかしたら、リサは自分でも気付かないうちにその力を使っていたのかもしれない」

言われてみれば、たしかに私は昔から人よりも体力がなく、疲れやすかった。

それに、傷を負った人や動物に触れると手のひらがじんわりと熱を帯びて、ひどい脱力感に襲われた。

「これは仮定だが。この世界で魔力を使うと、その代償にリサの命が削られてしまうのかもしれない」

「そんな……」

とても信じられない、荒唐無稽《こうとうむけい》な話だ。けれど私の周りでは、すでに非現実的なことがたくさん起こっている。実際、クリスたちは異世界にあるウェストリィング王国から日本に転移しているし。私に治癒魔法が使える？　そのせいで命が削られる？

「えっ？　リサさんの命が削られるとは、どういう意味ですか？」

クリスは困惑しているネイトさんに、私の病気を告げた。

「そんな……。こんなに元気そうなのに……」

ネイトさんが信じられないというように顔をしかめた。

「リサ、俺たちと一緒にウェストリィング王国へ行こう」

クリスの隣のネイトさんも同意するように、私を見つめて大きく頷く。

真剣な眼差しで、ふたりが私を見つめている。

「ミャー！」

すると、私の腕の中でぐっすりと眠っていたモフオが目を開けて、足元に飛び下りた。そしてクリスの足元に行くと、ズボンの裾をくわえてぐいぐいと力いっぱい引っ張る。

「おい、そんなに強く引っ張るな。まさか、散歩の催促か？」

昼間、公園で駆け回ったのがよっぽど楽しかったようだ。クリスは窓の外に目を向ける。外は暗くなり、おそらく通行人からはモフオの姿は確認できないだろう。

モフオはなかなか立ち上がろうとしないクリスに抗議するように、さらに強い力で引っ張る。あまりにも執拗なモフオにクリスがとうとう音を上げた。

「少しだけだぞ」

そう声をかけると、クリスは「大事な話をしている最中なのに……」とぶつぶつ言いながらも、リードを手に渋々立ち上がる。モフオはしてやったりと鳴き声を上げながら、まるでスキップをするかのように足取り軽くクリスに続いた。

「あの団長が白虎の散歩をするなんて、信じられない」

クリスを目で追い、驚愕したような表情をするネイトさん。彼とふたりきりになると、私はこう切りだした。

「ウェストリィング王国で、クリスはどんな人だったんですか？」

ネイトさんは、クリスたちが外に出たことを確認してから話しはじめた。

「クリス団長は、騎士団最強といわれる剣の腕をもつ戦士です。国には、戦《いくさ》と同じくらい重要な騎馬試合というものがあるんです。その試合でも、団長は百戦錬磨で敵なし。国内で団長に勝てる人は誰もいません」

騎馬試合とは、双方が馬に跨り槍《やり》を突きだして相手を鞍《くら》から落とす試合らしい。運動神経だけでなく、鋭い観察眼が要求されるという。

「普段は騎士団長として団を率いる重要な責務を担っています。あの若さで団をひとつにまとめるのは、簡単なことではありません。人知れず苦労をしているはずですが、団長が弱音を吐いたことは一度もありません」

「クリスはすごい人なんですね」

私の言葉に、ネイトさんは感情を込めて深く頷く。

「ええ。人に厳しく、自分にはさらに厳しい。妥協を許さない完璧な人です。昔から団長は自分の感情を表に出すことは滅多にありません。あまりにも淡々としすぎているせいで、一部の人間からは心がない冷徹騎士だと恐れられています」

「冷徹騎士？　私にはそんなふうに見えないんだけどな……」

ポツリと呟いた私の言葉は、ネイトさんの耳にバッチリ届いていたようだ。

「正直、今日みたいな団長の姿のほうが珍しくて信じられません。ましてや、あの団長が白虎のお散歩とは……」

思い返せば、たしかに初めてクリスの姿を見たときはその圧倒的な存在感に息をするのも忘れて見入ってしまった。

「ちなみに、団長の生い立ちはご存じですか？」

「クリスは自分が使用人の子で、身分が低かったと……」

ネイトさんは神妙な顔つきになる。

「直接話を聞いたわけではありませんが、幼くして母上を亡くした団長は、使用人の子としてたくさんの孤独を味わってきたようです」

以前、クリスが話してくれた。『病の妃から国王を奪った女の子供であるクリスが、王座を狙っている』と噂する人間がいると。ネイトさんの言葉に、胸が痛む。

「だからなんでしょうね。以前、団長と酒を酌み交わしたときに酔った勢いで漏らしていたんです。将来的には誰かと結婚して自分の子供が欲しいと。家族ができたら絶対に幸せにしたいと話していました」

騎士団長のクリスは女性から絶大な人気があり、令嬢たちがこぞって婚礼を望んでいるようだ。けれど、クリスは結婚相手は自分で決めると頑ならしい。

「俺は長年、団長の元に仕えていますが、女性をあんなふうに愛しそうに見つめるところを初めて見ました。それだけ、リサさんに本気なんでしょう」

ネイトさんはあらたまったようにして、背筋を伸ばす。

「団長は、一度決めたことは絶対に曲げない頑固な人です。おそらく、どんな手を使ってもリサさんを国へ連れていくのを諦めないでしょう」

キッパリ言いきったネイトさんは、続けてこう言った。

「団長は、今までに出会った誰よりも男気がある素晴らしい人です。リサさん、我々と一緒にウェストリィング王国へ行きませんか？」

私は困ったように微笑んだ。彼の言うとおり、クリスは今までに出会ったどんな男性よりも誠実で魅力的で心惹かれる人だ。なんの足枷《あしかせ》もなければ、喜んでともにウェストリィング王国へ行くだろう。

もしかすると、そこには失踪してしまった両親がいるかもしれない。そう思ったときは心がふんわりと温かくなった。けれど……。

仮定の話ながらクリスは、私が知らず知らずのうちに魔力を使ってしまったことで命が削られている可能性があると言っていた。もし仮にそうだとしても、今さら魔力を使わないように気をつけたところで、私に残された時間はたかが知れている。しかもウェストリィング王国へ行っても、絶対に治るという保証はない。

自分のエゴや幸せではなく、彼の幸せを願うならば私はクリスと一緒に行くべきではない。

室内に重たい空気が流れる。それを壊すようにクリスとモフオが部屋の中に入ってきた。

「おい、暴れるな」

クリスに抱っこされたモフオは汚れてしまった足の裏の肉球を拭かれ、体をねじって逃げようとしている。悪戦苦闘するクリスを、私とネイトさんは目を見合わせて笑う。

「なんで笑ってるんだ」

少し照れくさそうに眉を寄せたクリスのその表情にすら、私は胸を熱くする。彼を愛していると実感する。だから、今は愛する彼のために私ができることをするしかない。

クリスとモフオ、それにネイトさん。彼らがウェストリィング王国へ戻れるように、養母から青いペンダントを取り返す。

私は覚悟を決めた。

「ハァ……」

ベッド横の棚の時計に目をやる。日付を跨ぐ時間になっても、寝つくことができなかった。眠るのを拒むように、ベッドの中で何度も寝返りを繰り返す。

お別れまでのカウントダウンはとっくにはじまっていた。彼らと過ごせる時間もあとわずかだ。

クリスが取ってくれた白虎のぬいぐるみを抱きしめると、自然と鼻の奥がツンッと痛んで、たまらない気持ちになる。

彼らが帰った後、私はホスピスに入院して残りの時間を過ごすことになる。唇を痛いぐらいに噛みしめて胸の痛みに耐えようとしても、抑えきれずに涙が溢れて枕を濡らす。

すると、コンコンッと部屋の扉が遠慮がちに叩かれた。

「まだ起きてるか？」

廊下からクリスの声がした。慌てて目の縁の涙を拭う。言葉を発しようとして、思い留まる。こんな顔をクリスに見られたら、きっと心配をかけるに決まっている。

「リサ、開けるぞ」

部屋の扉が開かれる音がする。

泣き顔を彼に見られたくない。

私は慌てて背を向け、ギュッと目を瞑り狸《たぬき》寝入りをする。

クリスが私のベッドへ歩み寄る気配がした。すぐそばまでやってくると、彼はベッドサイドに腰かけ、私の髪を優しく撫でつけながら言う。

「起きてるんだろ？」

ドキリとする。驚いて薄っすらと目を開けてしまったけれど、背中を向けているからきっとクリスには気付かれていないはずだ。

「リサ、聞いてくれ。俺はどうしてもお前を連れて国へ帰りたい。そこで、一緒に暮らしたい」

彼は私に語りかけるような口調で続ける。

「俺が嫌か？」

今まで聞いたことがない、余裕のない切なげな声色だった。

必死に堪えていたのに、わずかな嗚咽が漏れた。その瞬間、肩を掴まれてシーツに押しつけられる。

目が合った瞬間、涙が零れた。それを見られないように顔を両手で覆う。

「見ないでください……」

「どうして泣いているんだ」

答えられずに黙り込むと、彼は私の手首をそっと掴んだ。彼への愛が溢れてしまったみたいに、涙がとめどなく流れる。クリスは優しく私の涙を指で拭う。

「俺はリサが好きだ。お前の気持ちが知りたいんだ」

「っ……」

すると、クリスはそっと私の頬にキスを落とした。いたわるような口付けだった。

ベッド脇にあるオレンジ色のライトが、クリスの美しい顔を照らしだす。

彼は仰向けの私の上に馬乗りになった。

薄暗い光の中で、クリスの熱い眼差しが私の目を覗き込む。

潤んだ瞳を向けると、彼は私の唇にキスを落とす。お風呂上がりなのだろうか。クリスの髪からは私と同じシャンプーの匂いがする。

柔らかな唇の感触に心臓が跳ねる。唇は、すぐに離れた。

「思い上がりかもしれないが、俺とリサは同じ気持ちだと感じている。違うか？」

「それは……」

答えられるはずがなかった。ここでクリスに自分の気持ちを伝えてしまえば、彼に未練を残す。彼には私とは違いこれから先の未来がある。

「私は……クリスに幸せになってほしいんです。そのためには、私はあなたのそばにいてはいけない」

「俺の幸せを願うなら、リサが俺のそばにいてくれ」

「それはできません」

「リサが、病気だからか？」

図星だった。返す言葉も見つからず黙る私の頬にそっと手のひらを当て、親指の腹で撫でた。

「俺はなにがあってもリサと一緒にいる。半端な気持ちで言っているんじゃない。その覚悟を伝えに今、ここに来た」

「でも、私は……――」

「リサになんと言われても、俺はずっとリサを諦めない。いくら拒まれても、受け入れてもらえるまで愛を伝え続ける」

彼が再び私の唇を奪う。わずかに開いたその隙間からすかさず舌を滑り込ませると、器用に舌を絡ませる。熱い舌の感覚に心臓が激しく脈打つ。

今までに他の人との経験はないけれど、クリスのキスがうまいということだけはわかる。キスをされると、体から力が抜ける。頭の中がぼんやりとしてなにも考えられなくなる。

思考を停止させられるほどに甘い口付けの合間に、私はたまらず訴える。

「クリス……、これ以上はダメ……」

それでもクリスのキスは止まらない。喘ぐように言葉を発する私の舌を搦め捕り、吸いあげる。彼の深いキスに骨抜きにされ、甘い吐息が漏れる。

あまりに情熱的なキスに脳の芯がジンッと痺れて、甘やかな陶酔が体に広がる。

流されそうになる気持ちを振り払うようにクリスの硬い胸板を両手で押し返すと、彼は私を試すように色っぽい表情で尋ねた。

「でも、俺のことは嫌いじゃないんだろう？」

私の気持ちを確信しているような余裕のある口ぶりで言い当てられて、答えに詰まる。

嫌いなわけがない。私は今こんなにも、あなたに心を揺さぶられているのだから。

必死になってクリスを拒もうとしたけれど、無駄な抵抗だったのかもしれない。

拒まなければいけない。わかっていたのに、彼に抗えない。

それどころか私は今、理性に勝る本能で強く彼を欲していた。彼と結ばれたい……。

その思いが私を強く突き動かす。

「今すぐリサを、自分のものにしたい」

私を求める彼の言葉に胸を震わせる。野性味を帯びた双眸《そうぼう》で私を見下ろすクリス。

その瞳は、絶対に逃がさないという決意めいたものを孕んでいる。私は彼に求められることに喜びを覚え、そして、私もずっと彼を求めていた。

罪悪感が、波のように押し寄せる。

「これから起こることは、すべて俺のせいだ。リサはなにも悪くない」

私の心の中を見透かしたように彼は言う。

手首を掴まれ、シーツに押しつけられる。

無理強いではない。彼の腕の中から逃げるのは簡単なことだった。

首筋についばむようなキスの雨を降らすクリスに、身をよじる。

「リサ……好きだ」

首筋から鎖骨に唇を這わせ熱い舌先で刺激され、抑えきれない激情が押し寄せる。

たまらず小さな声を漏らしてクリスの逞しい二の腕を掴む。

私が抵抗をやめたと瞬時に悟った彼は、嬉しそうに微笑んだ。

「大切にする」

羞恥に染まった赤い顔を背けようとしても、彼はそれを許さない。

「ダメだ。リサの顔を見ていたい」

「クリス……」

シンッと静まる室内で、私たちは荒い呼吸で見つめ合う。言葉にしなくても、互いに相手を求めているのがわかった。クリスが私の顔の横に手をついた。

ギシッというベッドの音を合図に、彼の顔が近づいてくる。

唇が重なり合った瞬間、私は耐えられず彼の首に腕を回した。

「んっ……」

キスがこんなにも気持ちがいいものだなんて、知らなかった。欲情を隠さずに荒い呼吸のまま耳を食まれる。彼の熱い息遣いが私を興奮させる。

キスをしながら服の上から腰を撫でられ、背中がゾクゾクする。彼は早急に服を脱がすことはせず、あえて焦《じ》らす。はじまりを予感させるような蕩《とろ》けるキスの後、彼の指先がわずかに上半身の膨らみをなぞった。

まだ直接触れられているわけではないのに、下半身が疼くように熱くなる。

たまらずわずかに声を漏らすと、クリスは満足げに微笑んで、私の羞恥心を煽《あお》って楽しむように尋ねる。

「ここ、好きなのか？」

クールな仮面の下に、こんな意地悪な顔を隠しもっていたなんて。私の反応を見ながら彼は服の上からそっと胸を撫でつけた。途端、もどかしいような感覚に襲われる。

「ちがっ……」

「違うのか？」

「こういうこと……初めてで……。よくわからないんです」

キスだってクリスが初めてだった。困ったように訴える。

「こんな姿を見られるのが、恥ずかしくて……」

「そうか。俺が初めてなのか……」

クリスは私の髪を撫でつけながら満足げな表情を浮かべる。

「俺だけに見せてくれ。リサの初めては全部、俺のものだ」

感情を滾《たぎ》らせて私を見下ろすクリスは、猛々しい男性の目をしていた。彼の手のひらが乳房を柔らかく包み込む。薄い布越しに彼の手の温もりが伝わってくる。

「んっ……あっ……」

「もっとリサに触れたい……」

キスの合間に熱い吐息交じりで切望され、私は真っ赤な顔で頷いた。

彼の手のひらがパジャマの中に入り込み、膨らみに触れた。思わずピクッと体を跳ねさせる。キスの合間にパジャマを器用に脱がされ、クリスはもどかしげにブラジャーの留め金を外した。

「綺麗だ……」

私の上半身が露わになる。彼は艶やかで色っぽい表情で私を見つめ、再び唇を奪った。貪《むさぼ》るようなキスを繰り返しながら私の胸を愛でる。彼はしなやかな指先と熱い舌先で、私の弱い部分を淡々と攻める。

「アッ……ああ！」

残っていた理性は、あっという間にトロトロに溶かされていく。

初めてにもかかわらず、彼からもたらされる甘美な刺激に、自然と体が弓なりになる。その直後、下半身の敏感な部分に彼の指の腹が触れた瞬間、雷に打たれたような灼熱《しゃくねつ》感が全身に走り抜けた。頭の中が羞恥と興奮でいっぱいになる。

「ダメッ……、そこは……」

身をよじり、彼の刺激から逃げようとする。未知なる感覚に怖くなり目を潤ませると、クリスは私を安心させるように優しく耳元で囁いた。

「大丈夫だ。俺に任せて」

「……っ……んんっ」

情動的な指先の動きに耐えきれず吐息を漏らす。彼はたっぷりと私を愛してくれた。彼の指の動きに合わせて淫《みだ》らな水音が静かな室内に響く。それをゆっくり引き抜くとクリスはじれったそうに服を脱ぎ、ベッドの下に放った。

彼の上半身が露わになる。あまりにも均整のとれた完璧な体つきだ。体のあちこちにある古傷は、彼が騎士として様々な苦難を乗り越えてきた証。

私と彼の視線が熱く重なる。

「愛してる」

心のこもった優しい声色。クリスは枕元の辺りに投げだされている私の手に自分の手を重ねて、決して離さないとばかりに指先をしっかりと絡みつかせた。

「結婚しよう。リサ、俺の花嫁になってくれ」

私は涙を滲ませた瞳で、ただ黙って彼を見つめた。

クリスはそれ以上なにも言わず、私に答えを求めなかった。けれど私に向けられたその瞳には、絶対に諦めないという強い決意が窺えた。

「……クリス」

「リサ……好きだ。お前が愛おしい……」

熱い吐息とともに、クリスの色っぽい声を耳孔に吹き込まれる。

互いの体が重なり、私たちはようやくひとつになった。

その瞬間、私の胸は幸せに打ち震えた。わずかな痛みすらも愛おしい。

「つらくないか？」

彼に問われて小さく首を縦に振る。彼は早急に体を動かすようなことはしなかった。

己の欲望を後回しにして、私の反応に逐一気を配ってくれた。そんな彼の優しさに胸がいっぱいになる。

ようやく互いが馴染むと、彼は私を抱きしめて荒い呼吸を繰り返しながら、切なげに苦悶《くもん》の表情を浮かべた。今こうして、愛しい人の余裕のない顔を見ていられるのは私だけという優越感に満たされる。

自分が、こんなにも独占欲の強い人間だとは思わなかった。

耳元で何度も愛してると囁かれ、彼への愛おしさが積もる。私はそれに応えるように、彼の汗ばんだ背中に腕を回した。互いの体温が溶け合い、心地いい。

ふいにひと筋の涙が零れ、耳のほうへと流れた。

喜びだけではない様々な感情が、私の内から湧きあがる。

素直に彼に「愛してる」と言えないもどかしさや、最後まで抗えなかったという罪悪感。

けれど、それ以上に愛するクリスに抱かれているという幸福感が、私の全身を包み込んでいた。

第八章　決断

目が覚めると、隣には穏やかな表情で眠るクリスがいた。

朝食づくりをするためにベッドを下りようとすると、彼は目を閉じたまま私の体を抱き寄せた。

「行くな」

そう言って私の髪にキスを落とす。

朝はまだ少し肌寒い。なにも身につけていないクリスの上半身にくっつくように身を寄せる。トクントクンッと一定のリズムを刻む心臓の音と温かな彼の体温に心が落ち着く。

「リサ……」

ギュッと体を抱きしめられて名前を呼ばれ、幸せが込み上げてくる。彼に抱かれたのは夢ではなかったと実感して、胸が熱くなる。それと同時に物悲しさを覚えた。

クリスたちは今日の夜、ウェストリィング王国へ戻ってしまう。一緒にいられる時間は本当に残りわずかなのだ。じっと彼の横顔を見つめていると、瞼がゆっくりと開かれた。

「おはよう、リサ」

「おはようございます」

はっきりと目を覚ましたクリスは、愛おしそうに優しく微笑み、そっと私の額にキスを落とした。

「今までで一番幸せな寝起きだ。俺の腕の中に愛するリサがいるなんて」

クリスは昨日よりもさらに、わかりやすく愛情をストレートに表現してくる。こんなふうに誰かに愛してもらうのは、きっとこれが最初で最後になる。幸せなこの時間を忘れないと私は心に誓った。

午後になり、私は用意を終えると養母の家へ向かうことにした。

昨晩、養母に連絡を入れると、ようやく見合い話を進める気になったのかと、勝手に勘違いして上機嫌だった。

ただ、ひとつ困ったことが起きた。

養母の家までひとりで行けると言っても、クリスが一緒に行くと言って聞かないのだ。こうと決めたら、絶対に意志を曲げないことはもうわかっている。仕方がないので、モフオはネイトさんにお願いして、クリスとふたりで出かけることにした。

けれどモフオはまだ、ネイトさんに心を許してはいない。今もペットベッドの奥に潜り込んで、チラチラと窺うような視線を彼に投げかけている。

「モフオ、行ってくるね。お留守番、頼んだよ」

私が声をかけると、モフオは条件反射のようにペットベッドから飛びだしてこちらへ歩み寄り、足にスリスリしてくる。その額を撫でると、気持ちよさそうに目を細めて首を伸ばした。「一緒に連れていってくれるよね？」と言っているようだ。しかし。

「お前はネイトと一緒にいろ」

クリスはモフオを抱き上げると、ネイトさんの元へ連れていった。

「モフオ、おいで。一緒に遊ぼう！」

ソファに腰かけ、ネイトさんが両手を広げて笑顔で声をかける。

彼の膝の上に連れてこられたモフオは「ミャッ」と低い不機嫌そうな声を上げると、ぴょんっと飛び下りていじけたようにペットベッドに戻っていく。

ネイトさんはちょっぴり悲しそうに、大きく広げてしまった腕を下ろして苦笑いを浮かべた。

家を出て、事前に呼んでおいたタクシーに乗り込む。独特な匂いのする車内の後部座席に腰かけると、隣に座るクリスがおずおずと尋ねた。

「体は大丈夫か？」

「はい。薬も飲んできたので大丈夫です」

「もちろん体調もそうだが、昨日は余裕をなくして無理をさせてしまったかもしれないと心配していたんだ」

「そ、それも、平気です」

羞恥心を刺激されて、自然と頬が赤らむ。

「それならいいんだが……。俺にできることならなんでもするから、いつでも言ってくれ」

「はい。ありがとうございます」

頷くと、クリスは私の手のひらの上にそっと手を重ねて指を絡めた。「大切にする」という言葉どおり、彼の気遣いをひしひしと感じる。

でもここで、頭の中にふと疑問が浮かんできた。

クリスは、いつもそうなのだろうか……。

初めてでなにもわからない私を、クリスは完璧にリードしてくれた。彼は余裕をなくしたって言うけれど、そんな様子は一切感じられない。むしろ、あまりにも手慣れていた気がする。ネイトさんは、クリスはどの女性にもなびかなかったとは言っていたけれど……彼は今まで、どれほどたくさんの女性を抱いてきたのだろう。

「リサ？　どうした」

一点を見つめたまま胸の奥に湧きあがる黒い感情に支配されかけていた私は、クリスの低い声で現実に連れ戻される。

「え？　ああ、すみません。ちょっと考えごとをしていて」

「養母の家に行くのが心配なのか？」

「それもそうなんですが……」

本当のことなんて言えるわけがない。言い淀む私にクリスはいたって真剣に言う。

「考えるなら、俺のことだけにしてくれ。俺も、リサのことだけを考える」

大真面目な顔のクリスは、絡めた指先にギュッと力を込めた。

しばらくすると、タクシーは養母の家の前に止まる。カチカチッというハザード音が車内に響き、緊張感が走る。支払いを済ませると、私たちは揃ってタクシーを降りた。

「いってきます。必ず青い石を取り返します」

クリスと向かい合って、決意を込めて言う。

「家の中までついていかなくて、大丈夫か？」

心配そうな彼を安心させたくて「大丈夫です」と微笑んでみせる。

「そうか……。だが、無理だけはしないでくれ。俺も家のすぐそばで待機する」

彼の言葉に背中を押されて、養母の家の敷地に足を踏み入れてチャイムを鳴らす。

扉が開かれると、そこにいたのは、なぜか縁談相手の池崎雄一郎だった。

「やあ、リサちゃん」

池崎さんは、不自然に白く整った歯を見せて馴れ馴れしい笑みを浮かべた。

この間はあんな別れ方をしたというのに、なんとも思っていないのだろうか。

リビングに入る。中には養父と養母以外に、義妹の彩香もいた。

彼女に最後に会ったのは私が高校を卒業したとき。あれから六年。

当時中学生だった彩香はしばらく会っていない間にずいぶん大人びていた。

髪は明るく、ラメたっぷりの派手なメイクを施し、長い爪にはギラギラと光るストーンがちりばめられていた。胸元の大きく開いた薄手のワンピースを着た彩香はリビングソファにふんぞり返って「座んなよ」と私に顎で指示をする。

私は養父母と向かい合うようにダイニングテーブルの椅子に腰かけた。私の隣には池崎さんが座る。その足元には、なぜか銀色のジュラルミンケースが置かれていた。

「池崎さん、今日はわざわざありがとうございます。リサみたいな子が池崎さんのような素晴らしい男性と結婚できるなんて、本当に幸せなことです」

養父は手を揉《も》みながら池崎さんにゴマを擦る。昔からそうだ。何事にも波風を立てないように長いものに巻かれ、強い者には簡単に頭を下げて媚《こ》びへつらう。発言に一貫性は皆無で、常に相手の顔色を窺う気の弱い人間だった。

「お父さん、池崎さんにビールを」と養母に命令され、養父が冷蔵庫を開ける。庫内はまったく掃除がされていないのか、茶色い液体があちこちに飛んでいて見るに堪えない。

養父は六缶をまとめている紙パッケージを破き、そのうちの二缶を取り出した。すると養母は鬼のような形相をして、首を横に振る。結局、養父は一缶だけを開け、池崎さんのグラスに注いだ。

「俺はいつでも、リサちゃんを迎え入れる準備はできてるんだ。ただね、どうもリサちゃんが乗り気じゃないみたいだ」

池崎さんは「ねっ？」と同意を求めるように私の顔を覗き込む。顔を上げた瞬間、養母と目が合う。苛立ちで目の下を引きつらせながらも、養母は努めて明るく答えた。

「まさか！　池崎さんのお嫁さんにしてもらえるって、内心では喜んでいるんですよ。ただね、この子ってば最近の子にしては初心《うぶ》なんですよ。男性経験も一切ないから、そういうやりとりは苦手なんです」

「おばさん、それは――」

話に割って入ろうとするも、養母はそれを許さない。

「この子は親に捨てられた可哀想な子なんです。だから、池崎さんみたいな方に拾ってもらえて、本当にありがたいです。どうか、池崎さんの好きに育ててやってください」

「拾って育てる？　まるでリサちゃんが動物みたいな言い方だ」

池崎さんはクックと喉を鳴らして笑う。

「でも、まあそれもいい。俺が飼い主で、リサちゃんが俺に従順なペットか。悪くない」

「ただ、気をつけてくださいね。大人しそうな顔してますけど、意外と気が強い部分もあるもんでして。突然、噛みつくかもしれませんよ」

池崎さんを楽しませようと、私をだしに笑いを取ろうとする養父。

「ははは。ちゃんと仕込んでやります。色々な意味で、ね」

「んも～！　池崎さんったらぁ！　結婚したら池崎さんのものなんですから、お好きにして構いませんからね」

私は言葉を失う。今、目の前でなされている下劣な会話に吐き気が込み上げる。いくらなんでもあんまりだ。

たしかに私は、歓迎されて養父母の家に迎え入れられたわけではない。

けれど迷惑をかけないように、わがままひとつ言わずに我慢の日々を過ごしてきた。父の日や母の日には、子供ながらに毎年なけなしのお小遣いをはたいてプレゼントを買った。『ありがとう』と言われたことは一度もない。『こんなのいらない』と受け取ってもらえなかったこともある。誕生日もクリスマスも私は家族の輪に入れてもらえなかった。どっさりと用意されたプレゼントの山の前で笑みを浮かべる彩香を横目に、私は苺《いちご》ののっていない切れ端のケーキをもそもそと食べた。

高校生になってからは、周りの子たちが青春を謳歌《おうか》するのをよそに、アルバイトをかけもちして汗水たらして稼いだお金を養父母に渡した。

ずっとそういう扱いを受けて育った。高校卒業後、ようやく手に入れた自由と幸せ。養父母はそれすら、私から奪おうとしている。

「あのぉ、池崎さん。結婚するなら、早いほうがいいと思うんです。私どもはもちろん賛成ですし。そのあたりはどうお考えで？」

「うちの両親も、俺が選んだ相手ならと賛成してくれていますよ。ただし同居を約束して、専業主婦になって祖母の介護をはじめ家のことをすべてするのが条件です。こちらも、できるだけ早いほうがいい。他の男の手垢がつく前に、彼女を自分のものにしておきたい」

池崎さんは、ひと息でビールを飲み下す。養父が慌てたように席を立ち、冷蔵庫から取り出した二缶目のビールを注いだ。

「リサちゃんに、翡翠色の目をした外国人の友達がいるのは知ってます？」

そう言うと池崎さんは腕を組み、誰の許可も取らずに電子タバコをくわえる。

「えっ……、知りませんけど……」

養父母が目くばせしたのが見て取れた。彩香がクリスの話をしていないわけがない。知っていて、誤魔化そうとしているようだ。それを、池崎さんは瞬時に悟る。

「やっぱり、急いだほうがいいな。ひとまず、今日ここでサインをしてもらいたい。俺のものだという確かな証が必要だ」

池崎さんはロゴだらけの有名ブランドのクラッチバッグからなにかを取り出して、テーブルに置く。それは婚姻届だった。すでに夫の欄は埋められている。

「証人の欄、書いてもらえます？　俺の気が変わらないうちに」

「もちろんです！」

養母がペンを受け取るために前屈みになると、首元に青いペンダントが見えた。なんの曇りもない真っ青な石に目を奪われる。間違いない。あの石がウェストリィング王国へ帰るための鍵になる。

私は養母が婚姻届けにペンを走らせる直前に、「待ってください」と声を上げた。

「その前に、青い石のペンダントを返してください」

私の言葉に養母が「これ？」と自分の首元を指さす。

「元々、それは両親のものです。おばさんのものじゃない」

「なっ、今まで返してくれなんて言ったことなかったじゃない。がめつい子ね！　これは私のよ！」

養母は嫌悪感を剥き出しにする。誰かからなにかを取り上げることは平気でも、自分のものとなるとそうはいかないらしい。息を吐くように嘘をつく養母に、私はそれでも食い下がる。

「なんと言われても構いません。今すぐ、返してください」

すると、隣の席に座る池崎さんが私の肩をポンポンッと叩いた。

「あんな使い古されたペンダントいらないでしょ。俺の嫁になれば、もっと高価なものをいくらでもプレゼントしてあげるよ」

「ほ、ほら！　池崎さんだってそう言ってるじゃない！」

使い古されたペンダントという言葉に気を悪くしたのか、養母の顔は少し複雑そうだ。

「私はどうしても、そのペンダントが欲しいんです」

「強情な子ね。じゃあ、先にサインしちゃいなさい。そうしたら、返してあげるから」

証人の欄にサインをすると、婚姻届とボールペンを滑らせるようにして、私の前に突きつける養母。

リビングにいる全員の視線が、私に注がれる。私は小刻みに震えながらボールペンを手に取った。

サインなんて、するべきではないとわかっている。

けれどここでサインしなければ、養母はペンダントを返してくれないだろう。いくら誠心誠意お願いしても、話が通じるような相手ではないのは、長年一緒に暮らしてきたからよく知っている。

だからといって、この場で無理やりペンダントを奪うなんてできっこない。

「あのさぁ、アンタに迷う余地なんてないから。さっさとサインしちゃいなよ」

ソファのほうから彩香の刺々しい声が飛び、視線を向ける。南面の掃き出し窓が大きく開かれており、少し湿度を帯びた風がレースのカーテンを揺らす。

「そろそろわかってくれた？　リサちゃんには、俺の嫁になる以外の選択肢はないんだって」

池崎さんがニヤリと意地の悪い笑みを浮かべる。その口元はひどく歪んでいる。

私は婚姻届を見つめた。ここで私がサインをしなければ、青いペンダントは永遠に戻ってこない。

そうなれば、クリスたちはウェストリィング王国へ戻れなくなる。

ごくりと唾を飲み込む。私はもう余命いくばくもない。けれど、クリスたちには未来がある。その未来を守るためなら、私は自分を犠牲にしても構わない。

それに、クリスには王国を守るという大事な使命がある。彼らが国に戻り、幸せに暮らすことが今の私の一番の幸せであり、望みだ。

「わかりました。サインします」

決意を込めてペンに力を入れる。

妻になる人の欄にペン先が触れた瞬間、「待て！」と声が飛んだ。

ペンが手から離れてテーブルの上に転がる。

その場にいる全員が弾かれたように顔を持ち上げる。

声は南面の掃き出し窓のほうからした。視線を向けると、ヤニで薄汚れたレースのカーテンが勢いよく開かれた。そこから、殺気立ち威圧感のあるオーラを放ちながら、クリスが土足のまま室内に踏み込んできた。

腰が抜けたかのように、身動きひとつ取れず目を見開いて口をあんぐりと開ける彩香の前を通り過ぎて、私たちが座るダイニングテーブルまで歩み寄ると、彼は私の手を掴んだ。私以外の全員が、狐《きつね》につままれたような表情を浮かべていた。

「リサは返してもらう」

怒気を含んだ声だった。

「行くぞ」

彼が私の手を引く。

けれど、私はそれを拒むようにクリスを見上げて首を横に振った。

クリスが助けにきてくれて嬉しかった。でも、彼とともに立ち上がればあのペンダントを手に入れることは叶わなくなってしまう。

「またお前か……！」

ワナワナと怒りに唇を震わせる池崎さんの姿に、養母が我に返る。

「リサの家にいた男っていうのは、アンタね!?　リサが嫌がっているのがわからないの？　それに、人んちに土足で押し入るなんてどういうつもりよ！」

叫ぶ養母を、クリスは冷ややかに見下ろす。

「リサの養母か。お前たちのような人間に、彼女は絶対に渡さない」

「なに言ってんのよ！　リサから手を離しなさい！」

養母がバンッと両手でダイニングテーブルを叩き、立ち上がると同時に、クリスは椅子に座る私の背中と膝の後ろに腕を回して軽々と抱き上げた。

「おい！　リサちゃんに気安く触れるな！」

池崎さんが叫ぶのもお構いなしに、クリスはお姫様抱っこで養父母から私を遠ざけた。

「クリス、待って。こんなのダメ……！」

このままでは、青い石を手に入れることができなくなってしまう。

ジタバタと手足を動かしても、強靭《きょうじん》な彼の腕からは逃れることができない。

彼はリビングの中央まで行き、ゆっくりと私の体を下ろすと、守るように背後に隠した。

「リサちゃんは俺の嫁だ！　今すぐ返せ！」

池崎さんが足を踏み鳴らしてこちらへ詰め寄る。彼は拳を振り上げ、不意打ちのようになんの躊躇もなくクリスに拳を振るった。

「クリス、逃げて！」

私が叫んだと同時に、クリスは叩き込まれそうになった池崎さんの拳を右手で掴んだ。

拳を包み込んでしまうほどに、クリスの手は大きい。「ギャッ！」と池崎さんが短い悲鳴を上げた。ギリギリと徐々に力を込められているのか、苦悶の表情を浮かべている。騎士のクリスの握力は、想像に足らない。

「痛い！　や、やめろ！」

「この程度で痛いだと？　お前の心ない言葉に、リサはそれ以上の痛みを感じたはずだ。この間のことで懲りたかと思ったが、違ったようだな」

「わかったよ！　俺が悪かったから……。許して、許してください……！　このままじゃ骨が折れちまう！」

怒りで赤く染めていたはずの池崎さんの眼の縁には涙が浮かび、情けない表情で許しを請う。

「お前たち、早く俺を助けろ！」

「で、でも……」

池崎さんの怒号に助けようと駆け寄った養父母を、クリスがギロッと睨む。そのあまりの剣幕に、蛇に睨まれた蛙《かえる》のように震えあがり、ただオロオロと動向を見守ることしかできない。

「許してほしいなら、俺ではなくリサに謝れ」

「リサちゃん、ごめん……！　本当にごめん……！」

その場しのぎの謝罪だろう。けれど、クリスのおかげで怒りが少し静まる。

「クリス、ありがとう。もう離してあげてください」

私の言葉でようやく解放された池崎さん。恐怖で惨めに震える彼は、クリスにはどうやったって勝てないと悟ったらしい。彼の怒りの矛先が養父母に向かう。

「お前ら、話が違うぞ！　やっぱりこの男のことを知っていたんだな？」

痛む手を大事そうに摩りながら、池崎さんが養父母を睨みつける。

「まさか！　違いますよ！」

「この俺に恥をかかせて、ただで済むと思うなよ⁉」

大慌ての養父母を前に、池崎さんは目の下を怒りで引きつらせる。この年になっても両親にとことん可愛がられ、欲しいと願うものはすべて手に入れてなに不自由なく育ったであろう彼にとって、今回のことは相当な屈辱だったに違いない。

「誤解です！　リサは嫌がっているのに、この男がリサにしつこく言い寄っているだけなんです」

「だったら、その男をリサちゃんから引き離せ！」

池崎さんが命令するも、養父母は目を見合わせて困惑したような表情を浮かべる。クリスとの圧倒的な力の差を見せつけられて、力ずくで私を奪うことはできないと察したようだ。

すると養母が首元につけているペンダントを外して、私のほうへ差しだした。

「リサ、こっちへおいで。身寄りのなかったアンタを育ててあげた恩を忘れたの？　そんな不義理なことをするような子じゃないでしょ？」

養母は猫なで声で、私を説得にかかる。

「アンタはその男に騙《だま》されてるだけなの。いい加減、目を覚ましなさい。池崎さんに結婚してもらえば、将来安泰よ。アンタは池崎さんの妻になるのよ」

将来安泰なのは、私ではなく自分たちでしょ。と、喉元まで出かかったセリフを呑《の》み込む。

すると、クリスが私の腰にそっと腕を回して抱き寄せた。

「結婚なんてさせない。リサは、俺の花嫁だ」

牽制するように言うと、クリスは唐突に私の唇を奪った。

「なっ！」

その場にいる全員が絶句した。クリスは見せつけるように独占欲を丸出しにして、わざと音を立てて私の唇を吸う。

「諦めろ。俺はお前にも他の男にも、絶対にリサを渡さない」

まざまざと私とクリスのキスシーンを見せつけられた池崎さんは、信じられないというように顔を歪めた。そして、怒り以上の憎しみに満ちた目を養父母に向けた。

「破談だ……。全部終わりだ！　お前ら、絶対に許さないからな！　お前たちの会社との契約を今すぐ打ち切るように、父さんに言ってやる！」

池崎さんはテーブルの上の婚姻届をびりびりに破いて床に放り、クラッチバッグとジュラルミンケースを乱暴に掴むとリビングを出ていく。

「ま、待ってください！　そんなことをされたら、うちは一家離散です！」

「一家離散だけで済むと思ったら、大間違いだぞ！」

「そんな！」

養父が池崎さんの後を追いリビングから出ていくと、養母は憎々しげに血走らせた目で私を睨んだ。

「アンタ……、なんてことをしてくれたの！　この恩知らずが！」

養母は怒り狂い、持っていた青い石のペンダントをフローリングの床に投げつけた。

「あっ……！」

「こんなもの、もういらないわ！」

そのまま、青い石の部分を壊すかのようにスリッパで何度も踏みつける。けれど、石は壊れない。

すると、「ママ、どいて」と言って養母を押しのけると、彩香がペンダントを拾い上げた。そして革紐を掴むと、ヒステリックに力いっぱい振り回して壁に何度も叩きつけた。青い石がぼんやりと淡い光を放つ。

「――やめて!!」

叫んだ瞬間、青い光が何度か点滅し、石は一瞬で粉々に砕けてリビングの床に散らばった。

「彩香、よくやったわ！」

「フンッ。ざまあみろ！」

養母と彩香が喜ぶ姿を見て、私は愕然としてうな垂れた。

「そんな……」

ぺたりとフローリングの上に膝をつく。

両親の形見でもある青いペンダントを壊し私を傷つけたことで満足したのか、養母はダイニングテーブルに戻り、ふんぞり返ってタバコに火をつけた。

砕けてしまった青い石をかき集めようと震える手を伸ばすと、クリスが制止する。

「やめろ。手をケガしたら大変だ」

「でも……」

ひと目で修復不可能だとわかるくらい、粉々になってしまった青い石。クリスを見つめると、彼は諦めろというように、黙って首を横に振る。

「私のせいだ……」

声が震える。

「違う。リサのせいじゃない」

私がもっとうまく立ち振る舞っていれば、青い石を壊されずに済んだかもしれない。青い石がなくなったら、クリスたちはどうなるの……？　私のせいで、帰れなくなってしまったら。申し訳なさと自分の不甲斐なさが沸々と湧きあがり、目頭を熱くさせる。クリスは、涙を流す私の体にそっと腕を回して立ち上がらせる。

「ねぇ、ママ。池崎のこと怒らせちゃって、大丈夫なの～？」

キッチンに立ちマグカップにドリップコーヒーを淹れながら、彩香がのんきに尋ねた。

「大丈夫なわけないでしょ！　そうじゃなくても、赤字続きで会社は火の車なんだから。お父さんが、あの男をうまくなだめてくれればいいんだけど」

「ふぅん。まあ、それはあたしには関係ないことだし、パパとママでなんとかしてよ」

彩香の口調はまるで他人事だ。養母は、どうやらそれが癪《しゃく》に障ったらしい。

「バカ！　アンタにも関係あるのよ！　池崎さんとこから仕事をもらえなくなったら、今までみたいに仕事しないで好きなことだけなんて、していられないんだからね！　アンタにも働いてもらわなくちゃいけなくなるのよ」

養母は白煙を吐き出すと、苛立ちながらタバコの先端をグリグリと灰皿に押しつけた。

「ハァ？　私はずっと社長令嬢でいたいの！　今さら仕事するなんて、絶対に嫌だからね！」

彩香が、とんでもないというように言い返す。

「恨むならリサにしなさい。親切心で引き取ってやったのに、恩を仇で返されたんだから」

「どうしてリサのせいで、あたしまで被害を受けないといけないの⁉　そんなのおかしいでしょ！」

彩香が我を忘れて叫ぶ。

「あー、もう！　ふざけんな‼」

彼女は養母に似て、気に入らないことがあると癇癪《かんしゃく》を起こして怒鳴る癖がある。

室内にコーヒーの香ばしい匂いが漂う。この修羅場にはあまりにも不釣り合いだ。

彩香はマグカップ片手にズカズカと私の前まで歩み寄ると、眉間に皺を寄せて私を睨みつける。

「アンタが悪いんだからね！」

怒りを爆発させた彼女は、湯気が立っているマグカップを私のほうに傾けた。彩香が私にコーヒーをかけようとしているのは明白だった。避けなければと頭ではわかっているのに、体が動かない。

「リサ！」

反射的にクリスが私を守ろうとした瞬間、突然彩香が手を滑らせた。

「ギャッ、熱い！　やだっ、熱いよぉ……！」

淹れ立ての熱々のコーヒーが、彼女の下半身にかかった。最悪なことにストッキングを穿いていたせいで、足にピッタリと張りついてしまっている。彩香は半泣きになりながら、ストッキングを脱ごうとジタバタする。

「彩香！　早く脱ぎなさい！」

騒ぎに気付いた養母が慌てて駆け寄り、声をかける。

「やってるけど、脱げないの！」

焦りすぎてなかなか脱げない様子を見かねて、私はその場に膝をついてストッキングを破いた。

「おばさん、水を持ってきてください！」

動揺してフリーズしていた養母に声をかけて、彩香を床に座らせる。

「痛い……！　早く救急車を呼んでよ‼」

太ももは真っ赤に腫れあがり、広範囲にひどい火傷を負っていた。このままでは痕《あと》が残ってしまいかねない。

私はそっと彩香の太ももに触れた。どんなに酷い扱いを受けたとしても、ひとつ屋根の下で暮らした義妹だ。情は残っている。

以前のクリスの推測が正しければ、私には彩香の火傷を癒やすことができるかもしれない。

手のひらが、じんわりと熱を帯びるのを感じる。

「やめろ、リサ！」

私がなにをしようとしているのか気付き、クリスが引き留めようとする。けれどそれより早く、彩香が私の手を振り払った。

「気安くあたしに触れるんじゃないわよ！　この疫病神《やくびょうがみ》！」

彩香の言葉が、頭の中で反響する。

「彩香……」

彼女は憎々しげに、私を鋭い目で睨みつけた。

「勝手に名前で呼ばないでよ！　アンタなんていなければよかったのに。あたしの前から消え失せろ！」

「ちょっと！　邪魔よ！　どいて」

養母が私を押しのけて、ペットボトルの水を彩香の足にかける。私はよろよろと立ち上がり、ふたりを見下ろした。

ようやく覚悟が決まった。

両親が失踪してから育ててもらった恩があると、どんなに酷い扱いを受けても我慢しつづけてきた。理不尽な要求も呑み、自分を押し殺して生きてきた。けれど、それは今日で終わりにする。

私は、育ての親家族と決別する。

「わかりました。今までお世話になりました」

最後の礼儀に頭を下げて別れを告げるも、ふたりは私を無視しつづける。

「リサとは二度と会わせない。自分たちがしてきたことを後悔しても遅いぞ。お前たちは必ず報いを受けることになる」

私の覚悟を察したクリスは、ふたりに冷ややかに言い放つ。

彼に肩を抱かれて、そのまま養母の家を後にした。

すると玄関を出た瞬間、前方の道路からなにかがこちらに駆け寄ってくるのが見えた。

「モフオ⁉」

驚いて声を上げる。モフオは私の足元にやってくるなり、なにかを訴えかけるように「ミャー、ミャー」と大きな声で鳴く。

「ネイトは？　お前、勝手に出てきたのか？」

クリスが尋ねると、モフオは反省するかのように耳を横に倒して私を見上げる。それは、ティッシュペーパーを部屋中に散らかしてクリスに怒られるときに見せる表情と似ている。

ネイトさんを置いて出てきてしまったことを咎《とが》められると、反省しているのだろうか。

するとモフオの額に青い印が浮き上がり、それが点滅するように、濃くなったり薄くなったりした。

ふと、気付く。

そういえば青い石が粉々に砕け散ったときも、同じように点滅していた。

「もしかして……あの青い石を壊したのは、モフオなの？」

尋ねると、モフオはごめんねと反省するように、私の靴の上に顔をのせて上目遣いに見上げた。

「でも、どうしてモフオが……？」

あれはウェストリィング王国に帰るために、必要な大切な石だったはずなのに。

すると、モフオと私のやりとりを見ていたクリスが口を開いた。

「モフオは留守番中に千里眼を通してリサの様子を知ったのかもしれない。それで、あの石を意図的に壊したんだろう」

「でも、なんのために？」

私が尋ねると、クリスは「これは仮定の話だが」と前置きしてから話しはじめた。

「あの青い石は〝青虎目石《あおとらめいし》〟だったのかもしれない」

「青虎目石ですか？」

「ああ。虎の目は〝すべてを見通す目〟と呼ばれていて、厄災を退けて成功をもたらすと言われている。あの青い石のペンダントを持っている間、育ての親家族はその効力で守られていたはずだ。だが、モフオはリサが苦しめられているのを知って、怒って青い石を壊した」

「そうなの？」

「ミャー！」

そうだ！とばかりに立ち上がるモフオ。

「私のことを心配してくれたのね。ありがとう、モフオ」

青い石が壊れて困った事態になったのは変わりないけれど、モフオの気持ちは嬉しい。私はそっとモフオのそばにしゃがみ込んで、頭を撫でた。

すると、私たちがいる反対側の道路から、段ボールなどを持った複数の人間が物々しげに養父母の家に集まってきた。クリスはすぐにモフオを抱き上げて、自分の上着の中に隠す。

「あれはなんだ？」

「おそらく……税務署の職員です。ずいぶん前から税金の滞納と脱税まがいの違法なことをしていたようなので」

養父母が私と池崎さんの結婚を急いだ理由は、これだったに違いない。差し押さえの前には必ず何度か督促状が送られるらしい。いよいよまずいと悟った養父母は、今日婚姻届に判を押す代わりに、池崎さんにお金を工面してもらう算段だったのだろう。池崎さんが持っていたジュラルミンケースがそれを物語っている。

あの家族にとって、会社はすべてだった。

社長と社長夫人に、社長令嬢。小さな町工場とはいえ、どこへ行っても得意そうに自分たちは会社を経営していると言っては、偉そうにしていた。

けれど今、その肩書はなくなり、さらにはわずかに残っていた資産すらもすべて没収されることになる。脱税していたことが明るみにでれば、重い罰則が待っていることだろう。堅実という言葉は皆無だった彼らの未来は暗い。

長年の悪行が祟《たた》り、ついには報いを受けることになったようだ。

「こんなすぐに災いが降りかかるなんて、あの石の魔力は恐ろしいな」

クリスの言葉にふとある疑問が湧きあがる。

「もしかして、彩香の足にコーヒーがかかったのも……？」

「おそらくな。だが、これはまだ序章にすぎない。青虎目石の力を失ったあの家族は、これから度重なる厄災に襲われるだろう」

クリスは忌々しげに吐き捨てた。段ボールを持った税務署の職員が一斉に家の中へ入っていく。養母の悲鳴にも似た怒声が道路にまで響き渡る。遠くのほうからは、救急車のサイレンの音が近づいてくる。

私はクリスとモフオとともに歩きだす。二度と振り返らない。

長年の胸のつかえが、ようやく取れた。

「よく頑張ったな」

モフオを抱きながら、反対の腕で私の肩を抱くクリスに励まされ、私たちは家路を急いだ。

キャリーなしでモフオを隠しながら移動するのは想像以上に大変だった。

途中でタクシーを呼び止めて乗り込んだものの……クリスが着ていた薄手の上着でモフオの体を隠しても、好奇心旺盛なモフオは何度も顔をスポッと出して私たちを慌てさせた。それだけではない。私たちが焦っている姿を楽しむかのように「ビャーッ」と低い声で鳴くのだ。

異変に気付いたのか、信号待ちで車が止まると、ルームミラー越しの運転手は訝しげな表情を浮かべた。

「お客さん、動物を持ち込まれてます？」

「まさか。今、獣の鳴き声の練習をしているんです」

「えっ？　獣の……？」

モフオの鳴き声を隠そうと、車内で同じような声を出すクリス。隣に座る私は、笑ってはいけないと必死に堪える。けれど、とうとう耐えきれず、ブッと噴き出す。彼は恥ずかしさを押し殺すように硬い表情で、変な声を上げ続ける。きっと一分でも一秒でも早く家に着くことを、願っていることだろう。

私は上着の上からモフオの背中を撫でる。育ての親との決別など、色々なことが起こったのに私の心は穏やかだった。きっとそれは、クリスとモフオのおかげだ。

ただ、事態は深刻だ。もう時間がない。

青虎目石の代わりになるものを、一刻も早く探しだす必要があった。

信号機が青になり、タクシーが再び走りだす。

運転手は恐ろしいものを見るような目で、一度クリスを見た後はさわらぬ神に祟りなしというようにだんまりを決め込んだ。

家の門扉の前で車は止まった。辺りは暗くなり、空には大きな満月が浮かんでいる。

「っ……」

支払いを終えてタクシーを降りようとしたとき、胸の奥が詰まったような息苦しさを覚えた。目の前が白く歪む。

「リサ？」

先に降りたクリスが心配そうに手を伸ばす。

「大丈夫です」

私は心配をかけないように必死に笑顔をつくった。クリスの手を借りてタクシーを降りると、動物病院の扉の前にふたつの影が見えた。

「ネイトさんと……、田中先生？」

なにやら言葉を交わす雰囲気は、緊迫していた。近づいていき声をかけると、ふたりは同時に私たちを見た。

「リサちゃん、おかえり。えっと、隣の方は……」

「クリストフェル・テイラーです」

クリスは礼儀正しく院長に挨拶をした。

「初めまして。私は、この動物病院の院長の田中です」

珍しくスーツ姿をしている院長が頭を下げる。すると、院長の隣にいたネイトさんは狼狽《ろうばい》した様子で言った。

「団長、リサさん……、すみません。少し目を離した隙に、白虎が……モフオがいなくなってしまいました」

私とクリスは目を見合わせる。ネイトさんは、クリスの腕の中にいるモフオの存在に気付いていない。

「安心しろ。モフオならここに……」

クリスは言いかけて、院長に視線を向ける。すると、院長は「話はネイトくんに全部聞いたよ。もちろん、モフオのこともだ」と柔和に微笑む。

クリスがモフオを解放しようと腰を屈めると、モフオは彼の腕からぴょんっと飛び下りて私の足元にちょこんっと座った。院長は足元のモフオに視線を落としてじっと見つめると「やっぱり白虎だ」と呟いた。

「今日は学術集会があって、休診にしてたんだ。でもやり残した仕事があったから病院に来てみたら、彼が敷地内をうろついていてね。泥棒かと思って問い詰めたら、リサちゃんから預かった白虎を逃がしたって言って慌てふためいていて。放っておけなくなっちゃったんだよ」

院長はモフオのことを知っている。だから泥棒だとは疑わず、ネイトさんの言葉を信じたのだろう。

「お前、モフオが白虎だということは漏らさないようにと、あれほど言っておいただろ」

クリスの言葉に、ネイトさんが震えあがる。

「すみません、つい口を滑らせてしまって。でも、先生はモフオが白虎だと気付いていましたよ？　ねっ、そうでしょ？」

ネイトさんは助けを求めるように、院長に視線を向けた。

「正直、リサちゃんがモフオを連れてきたときから、おかしいと思っていたんだよ。でも、こんなところに白虎がいるなんて信じられなくてね。だけど、今、はっきりしたよ。それと、ネイトくんが話してくれた不思議な国の話もね」

院長の言葉に、クリスが目をむく。

「ネイト！　お前、ウェストリィング王国の話までしたのか？　なんて口の軽い奴だ」

「す、すみません……！　でも、先生はいい人なので大丈夫です！　俺、人の善し悪しを見抜く目は確かですから！」

非難するクリスから逃げて、ネイトさんは院長の後ろに隠れた。

「ネイトくんの話を聞いて、ひとつ思い出したことがあるんだ。そういえば昔、酔っぱらうとリサちゃんのお父さんが不思議なことを言っていたなと」

「父がですか？」

院長は大きく頷き、続ける。

「『俺は魔法の使える世界へ行ったことがあるんだ』って。そこで白虎の治療をしたって、嬉しそうに話していたんだよ。酒の席だし、酔っぱらいの戯言《ざれごと》だと思って聞き流してしまっていたけど、あれは本当のことだったんだね」

院長はモフオやクリスを見て確信をもったようだ。

「父は他になにか言っていませんでしたか？　例えば、ウェストリィング王国へ戻る方法とか……」

「たしか……満月の日に魔力の込められた青い石を持ってトネリコの木の下に立つと、異世界へ行けると言っていたような……。すまない、ずいぶん前のことだから記憶がぼんやりとしていて」

「やっぱり、青虎目石が必要だったんだ……」

院長の言葉が正しければ、クリスたちがウェストリィング王国へ帰るためには、やはり青虎目石が必要になる。けれど、もう石は粉々に砕け散ってしまった。これでは帰ることはできない。

私はネイトさんと院長に、昼間の出来事を話した。

「えっ……。じゃあ、ウェストリィング王国へ戻る手段がなくなったということですか？」

落ち着いて聞き返すネイトさんの目に、不安の色が浮かびあがる。

「私が不甲斐ないばかりに……。本当にごめんなさい……」

「いえ、リサさんを責めているわけではありません！　それに、まだ方法があるかもしれませんから！」

ショックを受けているはずのネイトさんは、落ち込んで肩を落とす私を必死に励まそうとする。

ウェストリィング王国へ戻るためには、青虎目石に代わる魔力が必要だった。けれどそんなものが、この世界で簡単に見つかるわけがない。モフオが心配そうに私の足に擦り寄る。私は腰を屈めてモフオの頭を撫でた。そのとき、ふとモフオの額に目がいく。

「これって……」

闇を照らすようにモフオの額が青い光を放った。強く明るい光に目の前が霞む。瞬きを繰り返した後、再びモフオに目をやると額にはっきりとした青い三日月の印が浮かんでいた。

「モフオの額の印は、三日月だったのか」

クリスがまじまじとモフオを見つめる。

ウェストリィング王国では、額に印のある白虎なんて見たことがないけれど、稀に特別な力を持つ白虎が存在するという噂は聞いていたとクリスは言う。

モフオには、千里眼の他にも秘めた力があるのだろうか。

特別な……白虎……？

「絵本……。昔、母が読んでくれた絵本の中に、青い印のある白虎が出てきました！」

子供の頃、母が読み聞かせてくれた手作りの絵本。

その中には、白虎の赤ちゃんが出てきた。

そして額に青い三日月の印がある子は、特別な力をもっていた。

記憶の中から絵本の一節を引っ張り出す。

「しるしのあるこ、そのこはとくべつ。みんなをつれて、ちがうせかいにびゅーんっとんだ」

「リサ、それって」

クリスが声を上げる。私は深く頷いた。

「モフオの額の三日月には、なにか意味があるのかもしれないです。たしか、三日月は太陽が沈む頃、西の空で見えるはず……」

「――それだ！　白虎は西の守護神だ。月の化身と呼ばれ、変化や移動を司る聖獣といわれている」

「だとしたら青虎目石がなくても、モフオの魔力を借りてウェストリィング王国へ戻れるかもしれません」

一気に希望が生まれる。

クリスやネイトさんがこちらの世界に転移した際、青虎目石など持ってはいなかった。あちらの世界の月の魔力が、大きく作用しているのかと思っていたけれど……モフオのもつ不思議な力が瞬間的に働いたのだと考えれば、合点がいく。

「ネイト、リサの家にある鎧を持ってくるぞ」

クリスが指示を出す。すると、院長が夜空を見上げた。

「急いだほうがいい。これから雨が降る予報になっている。月は雲より上にある。空が雨雲に覆われたら、月が隠されてしまう」

院長の言葉に、クリスとネイトさんは早急に駆けだしていく。その背中が見えなくなると、私はヘナヘナとその場に座り込む。

「リサちゃん！」

院長が地面に膝をつき、体を支えてくれた。

「顔色も悪いし、呼吸が不規則だ。相当具合が悪いんだね？」

苦しい顔は見せたくない。私はできる限りの笑みを浮かべた。

「あと少しなんです。あと少しで、クリスたちを無事にウェストリィング王国へ帰らせてあげられる」

「彼らと一緒に、リサちゃんもウェストリィング王国へ行くっていう選択肢は？」

驚く私に院長は続ける。

「ネイトくんに、話は全部聞いたんだ。ウェストリィング王国へ行けば、魔法の力でリサちゃんの病気が寛解する可能性があると。それに、君の両親もいるかもしれない。ずっと会いたがっていただろう。違うかい？」

「でも……」

言い淀んでいると、家の扉が開く音がした。言われたとおり、急いで支度を済ませたふたりの足音が近づいてくる。

【生きることを諦めない、諦めさせない】それは僕だけじゃなく、リサちゃんのお父さんのポリシーでもある。あれは、アイツと一緒に決めた言葉なんだ。それは動物も人間も同じだ」

院長の手に掴まって立ち上がる。手のひらの温もりは、父とどこか似ている気がした。

「リサ、大丈夫か？　あと少しだ！」

院長と私の元まで駆け寄ったクリスは、私の体を軽々と抱き上げた。重厚な鎧を纏った騎士姿のクリスが勇ましく見える。

私を抱えたまま庭の奥の西側にあるトネリコの木の下へ行くと、モフオの額の青い三日月の印が点滅した。空気がガラリと変わり、トネリコの葉が音を立ててザワザワと揺れる。

「クリス、下ろして……。お願い」

クリスは私の願いを聞き入れてくれた。

その場に立っていることすら、今の私にはやっとだ。もう本当に残された時間はないと悟る。必死に肩で息をする。

モフオが夜空を見上げて、雄叫びを上げた。

次の瞬間、ものすごい閃光《せんこう》とともにトネリコの木の下の一部が、結界が張られたように青い光に包まれた。

「リサ、俺と一緒にウェストリィング王国へ行こう」

「……行けません。私はここに残ります」

「病気のことを気にしているなら、問題ない。俺はリサが病気であろうがなかろうが、一緒にいたいんだ」

私を強引に連れ去るのは簡単だったはずだ。けれど、クリスはあくまでも私の気持ちを尊重して、選択する機会を与えてくれる。向かい合って見つめ合う。

私は首を横に振った。

ウェストリィング王国へ行っても、私の病状が回復するという保証はない。死期が近づいているのを自分でも感じる。昨日は普通にできていたことが、今日はできない。今だって、力を抜けばその場に倒れ込んでしまいそうだ。

この先、私の病状はどんどん進むだろう。ともすれば、クリスたちとともにウェストリィング王国へ向かう途中に、息を引き取る可能性だってある。

たとえ今、彼らとウェストリィング王国へ行けたとしても病気が完治しなかったら、クリスに迷惑をかけてしまう。それに……。

「クリス団長、リサさん！　急いでください！　時間がありません」

青い光の中にいるネイトさんが叫ぶ。院長は固唾《かたず》を呑んで私たちを見守っている。

空を覆いはじめた雨雲がわずかに満月を隠す。

「早く、青い光の中へ行って。クリスに出会えて、一緒に暮らせて幸せでした。たくさんの思い出をありがとう」

ポロリと零れた涙が頬を伝う。唇が震えて、嗚咽が交じる。クリスは射貫くような真っすぐな瞳を私に向けた。

「そう簡単に諦められるのか？　俺と一緒に生きる未来を」

「っ……」

「幸せだったと終わらせるのはやめろ。俺はまだリサを幸せにしていない。これから、俺がリサを誰よりも幸せにするんだ」

「クリス……」

彼の想いが胸を熱くさせる。もう時間がない。分厚い雲が空を覆いはじめる。

「リサ、自分の本当の気持ちを言うんだ」

彼の言葉に決意が揺らぐ。

本当は私だって、一緒に行きたい。

可能性があるならば、ウェストリィング王国で彼とともに暮らしたい。

けれど、どうしても足踏みしてしまう。

すると突然、モフオがトタトタと私の前まで歩み寄り、足にじゃれつき、ズボンの裾をくわえてぐいぐいっと引っ張った。あまりの力強さに驚く。この子はいつの間にか、こんなにも逞しく成長していたのだ。

「モフオ……？」

「ミャー！　ミャー！」

説得するように私を見上げて何度も鳴くモフオの姿に、たまらなくなる。

モフオには、千里眼という特殊な能力がある。おそらく、私の心の中を覗くのだったやすいのだろう。

「どうやら、モフオも俺と同じ気持ちのようだ」

モフオは諦めないとばかりに私のズボンの裾をくわえて離さない。小さい体で必死そうなモフオの姿に心が動かされる。

彼らが自分の正直な気持ちを伝えてくれているのに、私だけが言わないのはフェアじゃない。

私は意を決して彼を見つめた。

「……本当は、怖いんです。ウェストリィング王国へ行くのが」

「怖い？　なぜだ」

「ウェストリィング王国へ行って、もしも病気が治らなかったら……。私が死んでしまった後、クリスはきっと私の死に囚われて明るい人生を送れなくなってしまいます。あなたは優しい人だから。それが、嫌なの……」

「リサ……」

「それに、あちらの世界に行っても両親がいなかったら？　そう考えると、怖くてたまらないんです」

両親が失踪して、私は心に深い傷を負った。長い年月をかけて少しずつ癒してきた傷が再びぱっくり開いてしまうことを、私は恐れていた。

「そして……、一番の理由は、クリスが……大切な人がもしも突然、私の前からいなくなったらと考えると、怖いんです。もう二度と、大切な人を失いたくない。自分の病気が治ったとしても、あなたを失うかもしれない恐怖に、耐えられない……私は自分勝手で弱い人間なんです」

ボロボロと零れる涙を私は手の甲で必死に拭う。

両親の失踪後、私はひとりぼっちになった。心を許せるのは、父の古くからの友人の田中先生だけ。それから私はずっと、人と距離を置いて過ごしてきた。

クリスは騎士団長で、死とは常に背中合わせだ。両親のように、ある日突然私の前から姿を消すかもしれない。

大切な人を失うのが怖い。

そんなトラウマが、大人になった今も私を苦しめていた。

「話してくれてありがとう。だが俺は絶対に、リサの前からいなくなったりしない。手を離してほしいと頼まれても、ずっとお前の隣にいる」

「クリス……」

「リサを心の底から愛してる。俺はリサを絶対にひとりにしない」

なんの淀みもない口調で愛を告げられ、私の心が打ち震えた。そうだ、きっとこれから先なにが起こっても、彼とならばともに乗り越えていける。

「私も……クリスを愛してる。本当は……あなたとずっと一緒にいたい」

初めて自分の気持ちを口にした瞬間だった。

「ようやく、言ってくれたな」

クリスの顔に、一瞬だけ照れたような嬉しそうな表情が浮かぶ。

そして、彼は腕を伸ばしてグッと私の体を抱き寄せた。立っているのもやっとの私を守るように支えながら、青い光の中に飛び込む。

「俺を信じてくれ。必ず俺がリサを幸せにすると約束する」

私の気持ちに寄り添う彼の言葉が、じんわりと心の中を温かくする。

「もう！　イチャイチャしてる場合じゃないんですってば！」

ネイトさんは慌てふためいてモフオを抱き上げる。

私とクリスとモフオ、それにネイトさんを包む青い光がさらに眩《まぶ》しさを増す。

「田中先生……！」

私は事の成り行きを見守っていた院長に目を向けた。両親の失踪後、常に私を気にかけて優しく接してくれていた。院長がいなければ、両親の動物病院も実家もすべてを奪われてしまっていただろう。

「今まで、本当にありがとうございました」

院長の目から涙が溢れる。それを拭うことなく、柔らかな笑みを浮かべた。

「僕こそありがとう。こんなおじさんを慕ってくれて、本当に嬉しかったんだよ。お父さんの動物病院は僕が必ず守るから。後のことは全部、僕に任せて。だから、リサちゃん。幸せになるんだよ」

「……はい！」

「お父さんに会えたら、よろしく伝えてね」

院長に別れを告げると体から力が抜け、吸い込まれるように意識が遠のいていく。

クリスに抱きしめられた私は、彼の腕の中で安堵感に包まれながら目を瞑った。


「――サ。リサ、しっかりしろ！」

「ミャー！」

誰かが私の名前を呼んでいる。ぼんやりとした意識の中でゆっくり目を開けると、
クリスの顔が視界に飛び込んできた。その傍らにはモフオの姿もある。

「クリス……。モフオもいるの？」

目が合うと彼は心底ホッとしたような表情を浮かべる。

どうやらここは屋外のようだ。クリスの背後には満天の星が広がり、まん丸と大きな満月が浮かんでいる。

大きく息を吸い込んだ。空気が澄んでいる。ほのかに草の香りもする。背中のチクチクとした草の感覚がくすぐったくて、体を起こす。クリスはそっと私の背中に手を添えて手伝ってくれた。

モフオが私を心配するように膝の上に両足をのせ、まん丸の目で顔を覗き込んできた。

「モフオ……！」

体をギュッと抱きしめると、モフオはそれに応えるように嬉しそうに喉をゴロゴロと鳴らす。またこうやってモフオを抱けるなんて。嬉しさが全身に込み上げる。

「ここは、ウェストリィング王国ですか？」

私たちのすぐそばには、トネリコの大樹があった。

「ああ、俺たちが最後にいた場所とは違うが、ウェストリィング王国の城の近くだ」

「よかった……。無事に戻れたんですね……」

ホッと胸を撫で下ろすと、クリスが心配そうに尋ねた。

「具合はどうだ？　苦しくないか？」

「まだ少し息苦しさはあるけど、大丈夫です。それより、ネイトさんはどこですか？」

辺りを見渡しても、彼の姿だけが見えない。不安になって尋ねる。

「安心しろ。ネイトも無事だ。大至急、治癒魔法の使える魔女を呼びにいくよう頼んだ」

クリスはそう言うと、そっと私の体を抱き上げた。

「ここにいたら体が冷える。モフオもついてくるんだ。いいな？」

「ミャッ！」

短く返事をして、まるで部下を従える隊長のようにクリスの前を意気揚々と歩くモフオ。

「どうして俺の前を歩くんだ。後ろに行けっ」

モフオは一度立ち止まりクリスを見ると、「嫌だね」と反抗するようにプイッと顔を背けて再び歩きだす。

全身が鉛のように重たく、瞼が自然と下りる。

申し訳なく思いながらクリスに体重を預けて、私はそのまま意識を手放した。

それからのことを私はなにも覚えていない。眠る私をクリスは騎士団長の公邸に運び入れ、そこに魔女を呼んで治癒魔法をかけたのだという。

翌朝、オレンジ色の朝日に顔を照らされて目を覚ますと、信じられないほど体が軽くなっていた。あちこちに感じていた痛みも、息苦しさも一切ない。空すら飛べそうなほどに、私の体にはパワーが満ち溢れていた。

たった一回、治癒魔法をかけてもらっただけで、こんなふうになるなんて……！

病が完治しているだろうことが、はっきりと感じられた。私は喜び、驚き、そしてクリスに何度もお礼を言った。

そんな私を見て、クリスは自分のことのように喜んでくれた。

朝食前に浴室へ案内され、熱い湯で体を洗い流す。体を清めて浴室を出ると、クリ体を清めて浴室を出ると、クリスがテーブルに朝食を並べ終えたところだった。

「これ、全部クリスが？」

テーブルには焼きたてのパンと大豆やヒヨコ豆がたっぷりの豆サラダ、葉物野菜の入ったスープが並べられていた。どれも美味しそうで、いい匂いが漂っている。

「ああ。これからは、俺もリサに料理を振る舞える」

クリスが得意げに鼻を鳴らす。私は促されて、席に着いた。

「こんなに美味しい朝ご飯、初めてです」

ウェストリィング王国で、クリスに作ってもらった朝食を一緒に食べることができるなんて……。喜びを感じて、自然と笑顔になる。

「おかわりもあるから、ゆっくり食べてくれ」

クリスは朝食そっちのけで、そんな私を穏やかな瞳で見つめていた。

食事を済ませると、クリスは私と向かい合ってあらたまった様子で言った。

「この後、城にいる兄のところへ行く。リサも一緒に来てくれ」

「わかりました」

昨晩クリスたちがウェストリィング王国へ戻ったことは、ネイトさんによってすぐに国王や騎士団に伝えられた。

一度私のために魔女を連れてクリスの公邸にやってきたネイトさんは次に、モフオを連れて調教師の元へ向かった。今頃、モフオは健康チェックをされてジタバタと騒いでいるに違いない。当面の間、発育状態や病気の有無の検査をするため、保護管理施設にある特別なエリアで過ごすことになるらしい。そして検査などが終わると、モフオは管理施設で調教師たちによって大切に保護をされる。そこには他にも白虎がいてとても賑やかだし、自由で安全に暮らしていけるよう、環境を整えてあるそうだ。

モフオのためを思えば仕方がないとは思うものの、離れるのはとても寂しい。

そうしてしんみりとした気分にはなったけれど、下を向いてばかりもいられない。

私が支度を済ませて外に出ると、公邸の前には馬とクリスの姿があった。襟元にウェストリィング王国の紋章が入った、黒いサーコートを着ている。鎧姿は見たことがあったけれど、こちらもよく似合っている。

あらためて、クリスの凛々しい姿には惚《ほ》れ惚れしてしまう。

「リサ、なにをボーッとしてるんだ。乗ってくれ」

「え？　まさか……馬に？」

「そのまさかだ」

目を丸くする私の手を引き、馬に乗るのを手伝ってくれるクリス。

「ここには車も自転車もないからな。慣れていかないと。少し揺れるぞ」

私の後ろに座ったクリスが馬の手綱を持ち合図をすると、馬が駆けだす。

「まっ、待って！　止まってください！　お、落ちる！」

体が左右に揺れて叫ぶ。今まで乗馬の経験はないし、どこに掴まったらいいのかもわからない。慌てる私の腹部に、クリスの腕が回る。

「大丈夫だ。絶対に落とさないから」

大騒ぎする私を、クリスは楽しそうに眺めていた。

「なんか……日本にやってきたときのクリスの気持ちが、今ようやくわかりました」

「ははっ、だろう」

しばらく馬を走らせると、遠くに見えていた城が眼前に迫るところまで来た。跳ね上げの橋を渡ると、巨大な正門の前には衛兵が何人も並んでいるのが見える。クリスが合図を送ると、その衛兵たちが門を開けた。

高い城壁の中は、まるでテレビゲームの世界のようだった。

さらに驚いたのは、私たちを出迎えるように騎士団が物々しい雰囲気で整列していたことだ。

クリスは騎士団の前で颯爽《さっそう》と馬を降り、私に手を差しだした。彼の手を借りて、私もなんとか馬を降りる。

「すまない。少しだけここで待っていてくれ」

先ほどまで笑顔だったクリスはもういない。クリスの登場に、空気がピリッと張り詰めた。姿勢よく兵士たちの前に歩み寄ると、その場にいた全員の意識がクリスに向く。前列にはネイトさんの姿もあった。

「長らく留守にしていてすまなかった。白虎誘拐の件について報告をしてくれ。俺とネイトの代わりに指揮を執ったのは誰だ」

クリスの言葉に、前列にいた兵士が一歩前へ進み出た。

「私が代わって指揮を執りました。国境付近の森を中心に捜索し、密猟者は一網打尽にしました」

三十代ほどに見える兵士は、屈強な体つきのクリスやネイトさんとは違い、体のラインが細く背も低い。けれど、聡明な話し方から知的さが感じられる。

「密猟者を捕らえた後の、隣国オズベロンの動きはどうだった」

「クリス団長が不在ということを知られ、三日後奇襲に遭いました」

「奇襲だと？　被害は……？」

クリスの顔色がサッと青ざめる。日本にいる間、クリスはいつもそれを気にしていた。自分が不在の間、国に予期せぬことが起こることを案じていた。

「我々は団結して隣国兵士と戦いました。強固な姿勢を崩さずにいると、次第に相手が音を上げました。粘り勝ちです。クリス団長不在でも我々に勝つことができなかった事実を突きつけられたオズベロンは、しばらくは静かにしているでしょう」

「それはなによりだ……！　それで、死傷者は？」

「負傷者は複数人いますが、死者はいません」

「そうか、死者はいなかったか」

それを知ったクリスは、重荷を下ろしたように、硬かった面様をわずかに緩めて安堵の表情を浮かべた。

被害や死傷者の数を真っ先に気にするところから、クリスの人柄がよくわかる。彼は騎士団長として兵士の命を預かっている。そんな重責を担う彼を、私は尊敬の眼差しで見つめる。

「お前たち、よくやったぞ！」

クリスの労《ねぎら》いの言葉に、屈強な騎士団の面々が恥ずかしそうにわずかな笑みを浮かべる。

「正直に申し上げますと、クリス団長が心配でした。偶然、遠くからその場を目撃した者に『青い光に包まれた後、姿を消した』と聞かされていたので。ですが、団長が不在ならば我々はとにかく国を守るために戦うしかない。再び団長が戻ってきたとき、勝利を報告しようと全員で気持ちをひとつに戦いました」

「そうだったのか……」

クリスの声が掠《かす》れる。眉間に皺を寄せて険しい表情を浮かべているクリスは、泣くのを必死で堪えているように見えた。

「団長は厳しい人ですが、我々のことを常に考えてくださっている。あなたと同じ騎士団にいられて幸せです。これからも、我々とともに国を守りましょう！」

さらにその言葉にダメ押しされ、感極まったクリスはとうとう目頭を指で押さえて俯いた。

それを見ていた兵士たちは一斉に雄叫びを上げ、地面が揺れる。隣の兵士と抱き合ったりハイタッチを交わしたりして、クリスを称えて心酔するように手を叩く。

彼らの間には、一体感があった。その空気をつくりだしたのは、まぎれもないクリス自身だ。

しばらくして兵士たちが落ち着いた頃合いで、「おい！　ちょっと待て！」とひとりの兵士が声を上げた。

その声に、水を打ったように辺りがシンッと静まり返る。

「盛り上がってるとこ悪いけど、いなくなったのってクリス団長だけじゃないよ。俺もだぞ？」

複雑そうな表情のネイトさんの姿に、再び場内には大きな笑い声が上がった。


城に入ると、私はクリスに案内されてある部屋へ通された。

ノックをしてクリスが扉を開ける。

「失礼します」

謁見の間だろうか。室内の高級そうな敷物と壁掛けにごくりと唾を飲み込む。天井に吊るされた豪華なシャンデリアが室内を照らしている。これは……この場所を、私は知っている。モフオの千里眼を通して見た光景とまるで同じだ。

すると、部屋の奥にいた男性が「クリス」と声を上げた。ツカツカとこちらに歩み寄りクリスを抱きしめる。

その男性にも見覚えがある。

長身のクリスと肩を並べるほど背の高い男性。整った顔立ちに隠しきれない高貴な気品。濃紺の軍服に飾られたいくつもの勲章。ひと際目を引く金色の紋章は、まぎれもなく国王の証だ。クリスの兄であるエドワード国王に違いない。

兄に抱きしめられたクリスは驚き、石のように固まっている。どうすべきか考えあぐねているに違いない。間近で兄弟の抱擁を見せつけられた私も同じ気持ちだった。

「無事でよかった！　昨晩、お前の帰還を知らされた後も、この目で見るまではと確信がもてなかった。お前が生きていて本当によかった」

国王はクリスを解放すると、ポンポンッと優しく頭を叩いた。これにはクリスも参ったとばかりに「陛下！」と声を上げた。

「ああ、すまない。私にとってクリスは、いくつになっても可愛い弟なんだよ。それで、この美しい女性はどなたかな？」

国王の視線がクリスの隣の私に注がれる。

「初めまして。瀬野リサと申します」

「私はエドワード・テイラー。クリスの兄だ。よろしく」

エドワード国王は親しみやすい笑みを浮かべ、両腕を開いて私に歩み寄ろうとする。

それをクリスは「おっ、おやめください！」と慌てて制止する。

「どうして？　挨拶をするだけだよ」

「彼女は日本という国で育ってきました。そこには、挨拶時に体を触れ合わせる文化はありません」

「なるほど、そういうことか。失礼した」

素直に引き下がる国王に、私は恐縮しながら頭を下げた。

「こちらこそ、よろしくお願いします」

「それで、私に話というのは？」

国王が尋ねると、クリスは私の背中にそっと手を添え、真っすぐ国王を見つめた。

「話せば長くなりますが、リサとは転移した先で出会いました」

クリスは簡潔に私たちの関係を国王へ伝える。国王は時折相槌《あいづち》を打ちながら、真剣な表情で耳を傾けた。

「俺は彼女を愛しています。彼女との結婚を認めてもらえませんか？」

「……そうか。クリスにもやっと、愛する人ができたんだな」

国王がなにかを堪えるように鼻をすする。

「もちろん、認めるよ。これからは、私ではなくリサを命がけで守ってあげるんだ」

「ありがとうございます……兄さん」

クリスがホッとしたように微笑む。すると国王が目を見開いて、ワナワナと口元を緩ませる。そして信じられないという驚き以上に、喜びに満ち溢れたとびっきりの笑みを浮かべた。

「今、兄さんと言ったな？　もう一度！　もう一度だけ呼んでくれ！」

「いえ、言っておりません。陛下」

スッと無表情になるクリス。

「どうしてお前はそう他人行儀なんだ！　いつも言っているが、私はお前と兄弟のように接したいんだ！」

猛抗議する国王をクリスはやれやれと冷ややかに見つめる。正反対の性格ながら、ふたりの関係性のよさを感じる。

「わかりました。今度、一緒に酒でも飲みましょう」

「絶対だな？　約束だぞ！」

ぱあぁっという効果音が背後から聞こえてきそうなほどの満面の笑みを浮かべた国王に、ほっこりと温かい気持ちになる。

「リサ、弟のクリスをこれからもよろしく頼むよ」

「はい」

私は決意を込めて大きく頷いた。

その日はエドワード国王の厚意で、急きょ盛大な宴が開かれた。

そこには、オズベロンから国を守るために活躍した騎士団員たちも招かれ、国王がひとりひとりに労いの言葉をかけていた。そんな細かな気遣いが、より一層結束を強め、騎士団の士気を上げる要因になるのだろう。

ウェストリィング王国の料理はどれも口に合い、私はお腹が苦しくなるほど食事を堪能した。病気が悪化してきてからは食が細くなり、なにを食べても心から美味しいと感じられることは少なかった。けれど、今は食事を楽しみ、お腹いっぱい食べられる。そんな当たり前の幸せが、なにより嬉しかった。

「まったく。誰が俺の妻にこんなに酒を飲ませたんだ」

宴は夜遅くまで続いた。当初はクリスの公邸に帰る予定だったのだが、夜も更《ふ》け私が慣れないお酒に酔ったせいもあり、城の客室に泊まらせてもらうことになった。

「結婚する予定だし、同じ部屋でも問題ないな」とエドワード国王は意味深なことを言っていたけれど、なにも考えられないぐらい私はヘロヘロだった。

クリスは私の体をベッドに横たえた。

「少し待っていてくれ。水を持ってくる」

「まっ、待ってください！」

離れようとしたクリスの腕を掴み、私は懇願するように彼を見つめる。たしかに私は慣れないお酒を飲んだ。けれどこんなにヘロヘロなのは、酔っぱらっているからではない。本当は……。

「このドレスは、どうやって脱いだらいいんでしょうか？」

今現在、なにが苦しいかと問われれば、このドレス……いや、この下のコルセットだ。ドレスは、宴に合わせて国王が特別に用意してくれた。菜の花のような鮮やかな黄色のドレスは、春の花を金糸で刺繍した見事なものだ。

ため息が出るほど美しいのだけれど、これ以上無理と叫びたくなるほどきつく締められたコルセットのせいで、今は横になるのも苦しい。後先考えず、美味しい食事を堪能したことも仇になっている。

「脱がせてほしいのか？」

「はい。できれば、早急に」

というよりかは、コルセットの紐さえ緩めてもらえれば万事解決だ。

するとクリスは仰向けで横たわる私の腰を跨ぎ、馬乗りになった。そして私の体の両側に手をつき、唇を重ね合わせる。触れるだけの柔らかな唇は、すぐに離れていく。

「ク、クリス？　だ、ダメです！」

声を潜めて彼を咎める。

「問題ない。それに、煽ってきたのはお前だ」

月光が窓から差し込み、彼の横顔を照らす。あまりの色っぽさにめまいがする。

〝色っぽい〟という言葉が男性にも当てはまると実感したのは、クリスと出会ってからだ。

「んっ……」

キスの雨にたまらず声を漏らすと、舌を差し込まれて甘く搦め捕られる。

私のお願いどおり、クリスは器用にドレスを脱がせてコルセットの紐を緩める。ようやく解放感が訪れてホッとする。

「待ってください。もし誰かが部屋に入ってきたら……」

「安心しろ。この部屋には誰も通すなと伝えてある」

「えっ」

「残念ながら、親切にコルセットの紐を緩めるだけで終わるほど、俺は紳士ではない」

クリスが意地悪な笑みを浮かべる。

「初めてリサを抱いた日は、リサの体が心配で時間をかけられなかったからな。今晩はたっぷり愛せそうだ」

「そ、そんな……！　ダメ……ダメです」

あの日だって私は存分に丁寧に抱かれた。経験がないからわからないけれど、それでも充分すぎるほどだと思っている。でも彼は「ダメ……なのか？」とぼそりと呟くと、神妙な顔をして私を見た。

「……あの日、強引にリサを抱いたのは申し訳ないと思ってる。だが、ああでもしないと俺とウェストリィング王国へ帰ってくれないと思った。苦肉の策だったんだ」

「それは……、どういう意味ですか？」

そう聞くと、クリスは少しだけ気まずそうな顔をした。

「……俺たちは、どう考えても互いを想い合っていただろう？　だが、リサの一緒に帰らないという意志は固かった。本当に頑固で……正直、冷や冷やさせられた」

「もしも私が絶対に帰らないと言ったら、どうするつもりだったんですか？」

「そのときは、俺との関係をちらつかせて説得するつもりだった」

真面目な表情をしたクリスが言う。

「ふふっ……。クリスに似合わない、あざとい手を使おうとしたわけですね」

「笑うな。俺はリサと一緒にいられるなら、どんな手だって使ってやる」

少し不服げな彼に、思わず笑みが漏れる。彼は、女性がよく言う『私を抱いたんだから、責任をとって！』の逆バージョンを試みようとしていたようだ。どうせなら、ちょっとだけ聞いてみたかったような。

コホンッと咳《せき》払いをすると、クリスはおずおずと尋ねた。

「もしかして……リサを連れて戻るために姑息《こそく》な手を使った俺に抱かれるのは、嫌になってしまったか？」

「え？　それは、違います」

彼は私を国に連れ帰るためだけに、愛もなく抱いたわけではない。あの日だってクリスは強引に抱いたというけれど、合意のうえだった。私は自分自身の意思でクリスに抱かれたのだ。それに、初めてだったけど……すごくよかったし……。心と体のどちらも彼によって満たされた。

そして今はもう、ふたりの間になんの障壁もなくなり、私も彼に抱かれることを望んでいる。けれど……。

「じゃあ、なぜ……なぜダメなんだ？」

彼の翡翠色の瞳が私を捉えて離さない。恥ずかしさにもじもじしながら、私はクリスを上目遣いで見た。

「クリスに抱かれたら私……。声を我慢できる自信がありません」

自分でも赤面しているのがわかるぐらい、頬がカッと熱くなった。

彼は私を抱いたとき、反応を見て的確に攻める場所を変えたり、強弱をつけたりした。初めてなのに、私はトロトロに溶かされて今までに味わったことのない感覚を脳に植えつけられてしまった。その記憶は強烈で、今思い出しても体の奥底が疼くような不思議な気持ちになる。回を重ねるごとによくなると聞くし……二回目三回目と愛されたら私はいったい、どうなってしまうのだろう。

「なんだ、そんなことか。我慢する必要はない。それに、この間もネイトが一階で寝ていただろ」

「たしかにそうですけど……ここは家じゃなくてお城だし……」

クリスに言い負かされて、私はごにょごにょ呟いて唇を尖らせる。

「まあ、そう言うな。だが、これからは結婚して一緒に暮らすんだし、言いたいことは遠慮なく言ってくれ。できる限り、善処する」

うまく言いくるめられた感は否めないものの、嫌な気持ちにはならない。

「むくれてるその顔も可愛い」

耳元で甘く囁かれて抱きしめられ、私にはもうなすすべがない。クリスはそれをわかっていたように唇を重ねる。私はクリスの宣言どおり、手や指……果ては舌まで使われて、たっぷりと全身を愛され尽くした。

「愛してる」

騎士団の頂点に立つクリスの勇ましい翡翠色の目が私を見下ろす。私に欲情して呼吸を乱す彼を見上げ、自分は彼の特別な人になれたのだと胸がいっぱいになる。

「クリス。私も愛してる」

しなやかで均整の取れた腕に触れる。

もう気持ちを隠す必要はない。

彼が私を抱きしめる。私も彼の大きな背中に腕を回して応える。

一ミリの隙間もないほどに互いの体がくっつく。

「あっ……」

ゆっくりとクリスが私を貫く。愛し合う私たちを、月光がぼんやりと温かく照らしていた。

エピローグ

ウェストリィング王国へ転移してから一週間が経った。

私は騎士団長の公邸であるクリスの家で新たな生活をはじめた。クリスの許可をとり、殺風景だった庭の一部にレンガで小さな花壇を造ると、鮮やかな色合いの花を植えた。日本にもあったパンジーやビオラに似たピンクや黄色などの花。その花に顔を近づけると、ほんのり甘い香りがする。ウェストリィング王国には日本と同じように四季がある。穏やかな春の季節。花々は暖かな日差しを浴びて、天に向き大きく花びらを広げている。

ガーデニングと並行して、パン作りなどの料理にも精をだした。降水量の少ないこの国では小麦や大麦などの栽培が盛んだ。その中でも小麦は高級品で、一般家庭ではグルテンをあまり含まない大麦でパンを作るのが主流になっているらしい。

初めてパン作りに挑戦したときは酷い有様だった。生地をこねるのが足りなかったのか、うまくパンが膨らまずに失敗。今度こそはと再チャレンジしても、パン釜で焼く時間を見誤り丸焦げに。ことごとく失敗して肩を落とす私に、クリスは手取り足取り優しく丁寧に教えてくれた。そのおかげでようやく美味しそうなパンが焼けて大喜びする私に、クリスは温かい眼差しを向けたのだった。

ウェストリィング王国へ来てから、私の毎日は新鮮な出来事で溢れ、喜びと幸せの連続だ。

ただ、両親とはいまだに再会できていない。

クリスが両親について一切触れようとしないのは、捜してもウェストリィング王国にいなかったからかもしれない。私はしょうがないと、必死に自分に言い聞かせた。

この日、私はモフオと久しぶりの再会を果たすため城にいた。モフオに会いたいという私の心情を察してクリスが調教師に頼み、モフオとの再会の機会を作ってくれたのだ。

クリスとともに城内の園庭に向かう。モフオは、広大な芝生の上をのそのそとつまらなそうに歩いていた。心なしか元気がなさそうだ。

「モフオ！」

心配になって名前を呼ぶと、モフオの耳がピクッと反応して、左右に首を振った。

「モフオ！　こっちだよ」

もう一度呼ぶと、モフオと目が合う。瞬間、キラキラと青い瞳が光ったかと思うと、こちらに向かって、一目散に駆け寄ってきた。女性調教師が慌てたように「危ないです！　逃げてください!!」と叫ぶ。その警告虚しく、モフオは全力で体当たりをしてきた。反動で、私はその場に尻もちをつく。

「モフオ、元気にしてた？　ずいぶん大きくなったねぇ」

「ミャー！」

モフオは喜びを爆発させるように、ゴロゴロと喉を鳴らして私の頬にスリスリと顔をこすりつける。それどころか、もう離れないとばかりに私の膝の上に体をのせて、抱っこをせがんできた。

一週間会わなかっただけで、モフオは明らかに成長していた。今は、中型犬ほどの大きさがある。体重も増え、子供ながらも白虎としての威厳を感じる。けれど、甘えん坊な性格は相変わらずだ。

私はモフオの体を抱きしめながら、背中に顔を埋めて思いっきり吸い込んで匂いを嗅ぐ。猫吸いならぬ、白虎吸いだ。

「し、信じられない……。この子は、ベテランの調教師でも扱いづらいのに」

私ほどの年齢の若い女性調教師は、モフオと私のやりとりを見て驚愕の表情を浮かべる。

「少しモフオと散歩してもいいですか？」

「もちろんです」

私はモフオを膝から下ろし、広大な園庭をゆっくりと散歩した。モフオは私の歩幅に合わせてピッタリと寄り添うようにして歩く。まるで忠犬ならぬ、忠虎だ。

「相変わらず、モフオはやんちゃだね」「検査は大変だった？」「もうご飯を食べているのかな？　それとも、まだミルクを飲んでいるの？」そんなふうに話しかけるたび、モフオは「ミャッ！」と返事をする。

しばらくして再び調教師の元へ戻り、モフオを預ける。そのとき、園庭の隅でクリスが見知らぬ人と言葉を交わしているのに気がついた。

「あれは、誰だろう」

後ろ姿の男女に目を凝らす。

すると突然、女性が勢いよくこちらを振り返った。目を見開き、慌てたように視線を左右に走らせる女性と、目が合う。瞬間、女性はみるみる顔を歪ませた。その顔は、笑っているようにも泣いているようにも見えた。

「あっ……」

喉の奥で言葉が詰まる。

隣にいる男性も私も、みな同じ表情を浮かべていた。言いようもない感情が込み上げ、足が震える。あまりの驚きに、今すぐ駆け寄りたいのにうまく足を動かすことができない。

「リサ！」

私を呼ぶふたりの声が重なる。

十二年前の記憶が、まるで走馬灯のように私の脳裏を駆け巡る。

最後に会ったときよりも年を取った両親が、私の元へ駆けてくる。

まるで夢のようだ。ボロボロと涙を流す私の体を、母が抱きしめた。

「お母さん……！」

「リサ……！　ひとりにしてごめんね。ずっとあなたに会いたかった……。一日たりとも忘れた日はなかったのよ。まだ子供だったあなたが、こんなに大きくなったなんて……」

「私も……。私もずっと会いたかった……」

私は人目も憚《はばか》らず、まるで小さい子供のように母に縋りついて声を上げて泣いた。

十二年の空白はあっという間に埋まる。

「リサ……。ひとりにしてごめん。これからは、ずっと父さんと母さんと一緒だよ」

私と母を包むように、父が大きな腕で私たちを抱きしめた。

両親からの愛情をこれ以上ないほど強く感じ、やはり私は捨てられたわけではなかったのだと強く実感する。

しばらくの間、互いの再会を喜び合った後、クリスを呼び両親との挨拶を済ませた。

そしてウェストリィング王国へやってきた経緯を説明した。

「なっ！　それじゃあ、リサと彼は、短期間ながら我が家で……ひとつ屋根の下で生活していたということか⁉」

話を聞き終えた父が声を上げる。父にとって私はまだ十二歳の頃のまま時間が止まっているようだ。

「うん。もしもクリスと出会わなかったら、私がウェストリィング王国に来ることはできなかったの」

「そうだったのか……。娘を連れてきてくださったクリスさんには感謝しかありません。しかも、こうやって私たちを捜しだして城へ呼び、リサと会う機会をつくっていただけるなんて」

「それって……」

私はクリスに目を向けた。

「国へ戻った後、早々にご両親を捜しはじめたんだ。おふたりは国境に近い場所でひっそりと暮らしていたので、見つけるのに少し時間がかかってしまった。今日はモフオに会うためにと言ってここにリサを連れてきたが、実はそれだけじゃなかったんだ」

そう教えてくれたクリスは、言葉を続けた。

「一刻も早く、リサとご両親を会わせてあげたかった。でも、本当にリサのご両親かどうか、実際に俺が会って話をして確かめる必要があると思ったんだ。もし違ったら、リサをぬか喜びさせてしまうことになるだろ。秘密にしていてすまなかった」

「クリス……。ありがとうございます」

彼の細やかな心遣いに目が潤む。すると、そんな私に優しい眼差しを向けた後、クリスは両親に真剣な表情で向かい合った。

「突然ですが、リサさんと結婚させてください」

両親はクリスの言葉に目を白黒させる。十二年ぶりに娘と再会を果たしたかと思えば、結婚させてほしいと頼まれているのだ。混乱するのも無理はない。

「リサを心から愛しています」

クリスのダメ押しに、父が私に目を向ける。

「リサはどう思っているんだい？」

「私もクリスが好きなの。結婚して、ずっと一緒にいたい。認めてくれる？」

大好きな両親に祝福してもらいたい。

両親は互いに目を見合わせた後、優しく微笑んだ。

「リサが望むなら、反対する理由はないわ。ねぇ、お父さん？」

「……ああ。リサはもうすっかり大人になったんだな。『これからは、ずっと父さんと母さんと一緒だよ』なんて言ってしまって、恥ずかしい……。早く子離れしないとな」

父はあらたまった様子で背筋をピンと伸ばすと、クリスに頭を下げた。

「娘をよろしくお願いします」

「はい。必ず幸せにします」

両親に認められて上機嫌なクリスは私の腰に腕を回した。途端、父がギョッとしたように目を見開く。悔しそうな切なそうな、そしてほんのちょっと怒りの交じった表情の父を見て、母がクスクスと笑った。

すると、遠くのほうで「待ちなさい！」という調教師の叫び声が聞こえた。どうやらモフオが逃げだしたようだ。女性調教師をからかうように駆け回るモフオを、追いかけまわしている。

「そういえば、今、白虎の世話をする調教師が不足していて、人手を探してるらしい」

クリスが思い出したかのように言った。

「白虎の調教師ですか?」

「ああ。立候補してみたらどうだ」

クリスの言葉にモフオのほうへ視線を向ける。女性調教師はモフオをコントロールできていないどころか、あっちこっちへ振り回されている。

「やってみようかな……」

十二年間、なにかに挑戦したいと思ってもずっと諦める道を選んでいた。でも、今は違う。愛するクリスも、両親もいる。

治癒魔法の使える獣医師の父と調教師の母の血を受け継いだ私。ウェストリィング王国でなら、私の力がどこかで役に立つかもしれない。両手がじんわりと熱を帯びる。これを魔力と呼ぶのかもわからない。けれど、これから訪れる未来に私は胸を躍らせる。

「今夜、我が家で食事でもどうですか? リサと積もる話もあるでしょう。できることなら、ぜひ泊まっていってください。リサも喜びます」

クリスの提案に母は目を輝かせる。

「ありがとうございます。喜んで伺います。ねぇ、お父さん」

「ああ……」

まだまだ複雑そうな父にふっと微笑む私を、クリスは穏やかな瞳で見つめる。

私だけでなく、両親まで大切にしようとしてくれるクリスの気遣いに、胸がいっぱいになる。

「クリス、ありがとうございます。私、今、とっても幸せです」

背の高いクリスの隣で、背伸びして耳元でそっと囁く。クリスはふっと笑った後、私の耳に唇を寄せた。

「まだ全然足りない。これから、もっと幸せだと言わせてみせる」

クリスの言葉に、心の中が幸福で満ちていく。

柔らかい春風が吹き、私たちを祝福するようにトネリコの葉が優しく音を立てた。


【END】

番外編　永遠の誓い

三か月後。私とクリスは大聖堂で華々しい結婚式を挙げた。

その日は朝から目が回るように忙しかった。世話人に体を隅々まで洗われ、拭かれ、色っぽい香りをつけられる。

コルセットでウエストをきつく締めあげられ、その上に純白の婚礼ドレスを纏った。

何枚も重なり合うフリルやレースが贅沢《ぜいたく》に使用された、ボリューム感のある可憐《かれん》なデザインだ。

首元にはダイヤモンドを惜しみなく散らしたネックレス。耳には涙の粒のように揺れるイヤリングをつけた。

綺麗に結い上げられた髪の上に、光り輝くティアラで極薄のヴェールを固定する。

クリスは国王の弟ではあるものの、今は騎士団長という立場にあって、王族ではない。にもかかわらず、まるで王族に嫁ぐかのような豪華さだ。これらの装飾品は、クリスの兄であるエドワード国王が婚礼祝いとして贈ってくれたものだった。

あまりにも高価な贈り物だったため、恐縮してやんわりとお断りしたものの国王は一切聞き入れてくれなかった。

表情も物腰も柔らかい国王だけれど、頑固なところはクリスにそっくりだ。

礼拝堂の扉が開くと、大勢の人が私を待っていた。

列席者は私の両親をはじめ、エドワード国王やそうそうたる顔ぶれの貴族たち。それに騎士団の面々など、とにかく賑やかなものとなった。

入り口から祭壇に向かう通路を、父とともに歩く。

数日前から緊張で眠れなかったという父は、私の隣で涙を堪えてズピズピと鼻を鳴らしている。

列席者の中には、うっとりとした表情で私を見つめるひとりの女性の姿があった。

名前はサシャという。艶やかなブロンズの髪にモスグリーンの切れ長の瞳。彼女は以前モフオに手を焼いていた、あの女性調教師だ。

両親と再会を果たしたあの日、モフオの扱いを教えてほしいと彼女にお願いされた。

言葉を交わしていく中で、彼女が私と同い年であることがわかった。

とにかく前向きな明るい性格で、同じく動物好きの彼女とは馬が合った。

それからはあれよあれよという間に親しくなり、今ではよき友となり私の心の支えとなっている。

そんな彼女の傍らには、リードをつけたモフオがいた。

モフオはスクスクと成長して、今では大型犬ほどの大きさになっている。

もうほとんど成獣に近いが、顔つきややることはまだまだ子供だ。最近はトンボや蝶《ちょう》を追いかけるのがマイブームらしい。

目が合った瞬間、モフオは爛々《らんらん》と目を輝かせてスッと立ち上がり、そわそわと落ち着かない様子を見せる。

モフオの首には、サシャに作ってもらった黒い蝶ネクタイがつけられている。可愛らしい姿に自然と笑みが零れた。

顔を祭壇に向けると、その前にはクリスの姿があった。

天井近くにあるステンドグラスから注ぐ自然光が、彼を明るく照らしだす。

一歩ずつゆっくりと彼の元へ歩み寄る。

クリスは私の姿に釘付けになっていた。

けれど、私もまた同じように彼に目を奪われる。騎士団の白い儀礼正装は、クリスの体にとてもフィットしていた。両肩には金の飾緒《かざりお》、胸元にはいくつもの勲章が飾られ、金色のボタンにはダイヤが埋め込まれている。

けれど、どんな装飾品よりも彼自身が輝いてみえた。

張り詰めた静けさの中、見守る人々の感嘆の吐息が響く。

ようやく彼の前までたどり着いた。情熱的な眼差しで私を見つめる彼は、息を忘れるほど素敵だった。

目が合うと、彼はわずかに微笑む。

「綺麗だ、リサ」

その言葉が嬉しくて胸を震わせる。

私たちは誓いの言葉の後、指輪の交換をした。左手の薬指に嵌《は》められた指輪がキラリと輝く。

幸福感に満たされ、自然と表情が綻ぶ。

「リサ、愛してる」

「私も愛しています」

白い祭服に身を包んだ高齢の司教が、私たちに祝福を与えてくれた。

クリスと出会ってから今までの出来事が次々と蘇り、胸が熱くなりポロリと喜びの涙が零れ落ちる。それをクリスはそっと指で拭う。

目が合い、互いに微笑んだ次の瞬間、クリスは私の腰を引き寄せて唇を重ね合わせた。

熱いキスに、教会に集まる大勢の列席者が歓声を上げる。

唇を離すと、私は恥ずかしさに顔を真っ赤に染めた。クリスはそんな私を満足げに見つめる。

「ミャー！」

するとと人々の声に興奮したのか、モフオが大きな鳴き声を上げた。

瞬間、モフオはサシャの制止を振りきって祭壇にいる私たちの元へ一目散に駆け寄ってきた。大騒ぎになるかと心配したものの、列席者は意外にも冷静だった。みんなモフオと私たちの関係性をよく知っていたのだ。

モフオは私とクリスの間に割り込むようにぐいぐいと体を滑り込ませて、私にピッタリと寄り添った。

まるで新郎は自分だと主張しているようなモフオの姿に、教会内に大きな笑い声が上がる。

「おい、モフオ！　そこは俺の場所だ」

小声で抗議するクリスにチラリと視線を向けると、モフオはわざとらしく私の足元にスリスリと顔を押しつけて、ここにいてもいいよね？と許しを乞《こ》うように「ミャッ」と甘えて鳴く。

可愛らしいモフオの姿に自然と笑みが漏れる。そんな私を見て、クリスは少しいじけた様子を見せながらも渋々、場所を譲った。

私とクリスに挟まれたモフオは、結局式が終わるまで決して祭壇から下りようとはしなかった。


夕方にはエドワード国王の意向で、城を挙げての婚礼の宴が開かれた。広々とした大理石の間にあるガラス張りの大きな扉窓は、どこからでもテラスに出られる造りになっている。壁にはユニコーンをモチーフにした、タペストリーと呼ばれる室内装飾品用の豪華な織物が何枚も飾られ、ゴージャスな空気を漂わせている。

式とは一転して、私は真っ赤なドレスに身を包む。体のラインを強調した細身のドレスはデコルテが大きく開かれ、金糸で薔薇《ばら》の模様が刺繍されている。首には真珠のネックレスをつけた。

ひな壇に用意された席に、ふたりで座る。

クリスは黒色の軍礼服を着ている。青に金の縁取りをしたサッシュを斜めがけし、式典用の装飾剣を腰にさげている。

そのあまりにも凛々しい姿に私は胸を焦がし、彼への想いを募らせる。

ふと、あちこちから熱い視線を感じた。特に、男性が私のほうを見ているような……？

貴族と思しき若い男性と目が合い、私はにこりと微笑んで小さく頭を下げる。すると男性はアワアワとした表情を浮かべて、慌てたように私から目を逸らす。

いったいなにが起こっているのだろう。私、気付かぬうちに失礼なことをしたのかな？　だとしたら、クリスに迷惑をかけてしまうことになる。

「クリス……！」

助けを求めるように、小声で隣の席の彼を呼ぶ。

「どうした？」

「実は、さっきから男性たちがこちらを見ているような気がするんです。私、なにか不手際があったのでしょうか……？　微笑んで頭は下げたのですが、失礼でしたか？」

「男が見ているだと……？」

不安になって尋ねると、クリスは辺りをぐるりと見回した。すると先ほどまでこちらを見ていた男性たちが、一斉に顔を背ける。

「あ、あれ？　おかしいなぁ……。私の勘違いだったのかもしれません」

「いや、勘違いなんかじゃない。どうせ、リサの美貌の虜になったんだろう。頼むから、俺以外の男を魅了するのはやめてくれ」

「え？」

「俺のリサをジロジロ見るなんて許せない。もしまた男と目が合ったら、いちいち笑い返さなくていい。気をもたれでもしたら大変だ」

独占欲を剥き出しにするクリスはしばらくの間、牽制するように周りの男性に鋭い視線を走らせていた。

料理は立食形式で提供された。乾杯の合図の後、参加者はそれぞれ自由に移動しながら食事や歓談を楽しんだ。

「リサ、大丈夫か？　疲れただろう」

宴がはじまってから私とクリスの元へはひっきりなしに人が集まり、祝いの言葉を述べた。気の休まる時間がないことを心配したのか、隣に座るクリスが心配そうに尋ねる。

私はすぐさまそれを否定して笑顔を向ける。

「全然疲れてません。むしろ、たくさんの人に祝福してもらえて幸せで胸がいっぱいです」

「そうか。俺も同じ気持ちだ」

今日一日、たくさんの人に『おめでとう』と祝福してもらった。その喜びで胸がいっぱいになり、目の前のテーブルに並べられた美味しそうな食事も、ろくに口にすることができない。普段はよく食べるクリスも同様に、ほとんど料理に手をつけていない。

彼も同じだと知り、胸が温かくなり思わず照れたような笑みを漏らす。

それを見て、彼もくすぐったそうな表情を浮かべた。

「ふたりだけの世界に入っているところ、悪いのだが」

すると、ひな壇にやってきたエドワード国王が茶目っ気たっぷりに言った。

私は弾かれたように席を立ち、お辞儀をする。

「クリス、リサ、結婚おめでとう。これからも変わらず仲良くな」

「ありがとうございます。エドワード国王には感謝してもしきれません。たくさんの贈り物やこのような素晴らしい宴まで……」

「気にしないでほしい。こうしてクリスとの関係性が深まったのは、リサのおかげだ。まさか私にあんな相談をしてくるなんて、以前では考えられ――」

「へっ、陛下、おやめください！」

喜びに満ちた表情を浮かべるエドワード国王を、クリスが慌てた様子で諌《いさ》める。

「それは、リサに言わない約束のはずでは……？」

「ああ、そうだった。悪かったな、つい」

クリスはごにょごにょと小さい声でエドワード国王に抗議する。それをさらりと笑顔で流すエドワード国王。なんのことかはわからないけれど、まあ兄弟だけの秘密というのもあるのだろう。

それにしても、こうしているとふたりの距離の近さを感じる。最近では談笑しながら酒を酌み交わすこともあるのだと、ネイトさんが教えてくれた。そんな良好な関係は城内外にも広く知れ渡り、クリスが国王の座を狙っているという根も葉もない噂を耳にすることはすっかりなくなったという。

「では、私はこれで。熱い夜を過ごしてくれ」

ご機嫌にウインクをして去っていくエドワード国王に、クリスは「相談する相手を完全に間違えた」とポツリと漏らした。

そんな中、宴は続く。ひな壇の近くでは、ワイングラスを片手に両親が楽しそうに騎士団の人たちと言葉を交わしている。

両親に花嫁姿を見せられるなんて考えてもいなかった。クリスと出会えたことも結婚できたことも、すべてが奇跡のようだ。

あのとき、彼とともにウェストリィング王国へやってきて本当によかった。

「クリス団長～！　ちょっといいですか～？」

すると、顔を赤く染めたネイトさんがクリスを呼んだ。にこにこと陽気な笑みを浮かべるネイトさんに、クリスが呆れたようにため息を吐いた。

「ネイトは酔うと誰彼構わず絡みだすんだ。すまないが、少し席を外す」

「はい。私も少し両親と話してきます」

「ああ。そうするといい」

私はひな壇を下りて両親の元へと歩み寄った。

「リサ、おめでとう」

母が目に薄っすらと涙を浮かべて微笑む。

「ありがとう」

「教会での花嫁姿、すごく綺麗だったわ。ねえ、お父さん？」

「……ああ。最高だったよ」

式の最中、涙もろい父はポロポロと涙を流して鼻をすすっていた。今もまだちょっぴり鼻声だ。

「リサの花嫁姿、田中にも見せてやりたかったな。リサが結婚したって知って喜ぶ、アイツの顔が目に浮かぶよ」

感慨深そうに言う父に同意するように、私も頷いた。

両親が失踪した後のことは、すべて話している。養父母家族のことや、動物病院を継いでくれた田中先生のこと、それに私の病気のこと。

両親は長いこと私を支えてくれていた院長に、心から感謝していた。

「そういえば、ずっと不思議だったんだけど……。お父さんは日本にいる間、病気になったり、体調が悪くなったりすることはなかったの？」

父と私は人や動物に有効な、治癒力を有している。

知らず知らずのうちに魔力を使っていた私はその結果、不治の病におかされて余命宣告を受けたのだ。

「俺には特に、そういうことはなかったな。大人の男で体力があるということも関係しているとは思うが、生まれも育ちも日本……あちらの世界の人間だから。だけどリサには、別世界であるウェストリィング王国の住人の、母さんの血が流れている。その影響で、体にかかる負荷が大きくなってしまったのかもしれない」

父は考えを巡らせながら続ける。

「なによりよくなかったのは、精神的なストレスがかかり続けていたことだろう」

父の言葉は、私に対する養父母家族の扱いをさしているに違いない。

しんみりしてしまった空気を壊すように、私は明るく言った。

「もう過去のことは気にしないで。だって今の私は、すごく幸せだから」

にこりと笑みを浮かべたとき、ふとどこからか熱い視線を感じた。

気になって目を向けると、数メートル先にクリスの姿があった。

騎士団の輪の中にいるクリスは情熱的な目で私を見つめる。結婚して彼の妻となったというのに、目が合うだけで私は胸を焦がしてしまう。

すると、クリスから少し離れた場所にいたネイトさんがそれに気付いた。手元のワインをグイッと一気に喉奥に注ぎ込むと、赤らんだ顔でヘラリと笑う。

どうやらすっかり出来上がっているようだ。

「クリス団長ってホント、リサさんのことが好きだよなぁ」

ベロベロに酔っぱらっているネイトさんの声のボリュームは大きく、こちらまで丸聞こえだ。

「ネイト、やめろって！」「団長に怒られるぞ」と騎士仲間が必死に制止するのなんてお構いなしに、ネイトさんは続ける。

「『リサが家で待ってるから』って、任務が終わると飛ぶようにして家に帰るんだもんなぁ。団長の頭の中は、いつもリサさんのことでいっぱいなんだよなぁ〜」

ネイトさんの言葉に、私の隣にいた両親は顔を見合わせてクスクスと笑う。

「リサはいい人と巡り合えて幸せね」

「うん」

母の言葉に微笑んだとき、怒りと焦りをごちゃ混ぜにした表情のクリスがネイトさんの元にツカツカと歩み寄る。

「あ、団長だ！　そんな照れた顔しないでくださいよぉ」

「お前、いい加減にしろ。リサに聞こえるだろう」

声を押し殺すクリスの声も、こちらに筒抜けだ。

「今晩の初夜が、今から楽しみですね！」

「ネイト！」

たまらずクリスが叫んで、ネイトさんの口を手のひらでガバッと覆った。

突然のことに目をぱちくりするネイトさんは、チラリと上目遣いでクリスの顔に視線を向けた。

クリスがどういう顔をしているのか、こちらからは見えない。

ネイトさんはやってしまったというように顔を青ざめさせ、まるで子ウサギのように震えあがっている。他の騎士仲間も火の粉が降りかからないようにと、そっと彼らから目を逸らす。その反応から、クリスの怒り顔が容易に想像できた。

「す、すみません、団長。俺、ちょっと酔いをさましてきますね……！」

すっかり素面《しらふ》に戻った彼は、クリスから逃げるように離れていく。

おそらく、後でこっぴどくクリスにお叱りを受けることになるに違いない。

とはいえ、クリスは副騎士団長のネイトさんに絶対の信頼を置いている。

性格はまったく違うふたりだけれど、任務となると息はピッタリ合うようだ。酔っぱらってクリスに絡めるのも、ふたりの間に確かな信頼関係があるからに違いない。

ただ、先ほどのネイトさんの『初夜』という言葉にいち早く反応を示した人物がここに、もうひとり。それは、目の前にいる父だった。

いまだに子離れできていない父は、なんとも複雑そうな表情で黙り込み、肩を落としている。

そんな様子を苦笑しながら眺めていると、ホールの隅で食事を済ませたモフオがサシャに連れられこちらへやってきた。モフオは挨拶をするようにペロペロと母の手を舐めた後、父の足元に寄り添うようにぺたりとくっつく。

「モフオちゃんに励ましてもらえてよかったわね」

クスクス笑う母の言葉に父がパッと表情を明るくする。

「そうか……。励ましてくれてるのか。モフオはなんていい子なんだ」

モシャモシャと父に頭を撫でつけられたモフオは、うっとりと目を細めて嬉しそうにゴロゴロ喉を鳴らす。

あれからモフオは両親にすっかり懐き、会うたびにまるで子猫みたいに甘えるようになった。

「モフオってば、どうして私の言うことは聞いてくれないのかしら」

サシャが不満を漏らす。モフオにとって彼女はよき友人のようだ。サシャに怒られて追いかけまわされているときのモフオは、心底楽しそうだった。

「リサが調教師になってそばにいることで、少しはいい子になってくれたらいいんだけど」

「来月からよろしくね。サシャと一緒にお仕事できるのが、今からすごく楽しみ！」

クリスの提案で調教師としての適性検査を受け、はれて試験に合格した私は来月、念願の調教師デビューを迎える。

以前勤めていた動物病院の仕事とはまた違う大変さがあるだろう。けれど、自分がやりたいと思ってはじめること。精いっぱい頑張るつもりだ。

うまくできるのかという不安はあるけれど、それ以上にワクワクとした気持ちのほうが勝っている。

「私もすっごく楽しみ！」

言って、サシャは私の両手を握った。そんな私たちのやりとりに両親は目を細める。

愛するクリスや両親、それにサシャという友達と可愛いモフオ。ウェストリィング王国にやってきた私は、たくさんの幸せと喜びに満たされている。

食事を終えると、宴の余興として楽団が音楽を奏で、騎士団の人々が剣舞を披露してくれた。賑やかで楽しい宴を、私は心の底から楽しんだ。


宴が終わり、クリスの邸宅に帰る準備をしていると、城に仕える侍女たちが私の控え室にわらわらと入ってきた。そして言われるがままにその手を借り、身を清めた。窮屈なコルセットから解放されて、ホッと息を吐く。

湯上がりに用意されていたのは、絹の白いナイトドレスだった。今夜のために特別に用意されたという新しい寝衣は生地が薄く、少し肌が透けて見える。さらにその傍らには、同素材でできた総レースの白い下着が置かれていた。

金色の豪華なフレームがついた楕円《だえん》形の大きな鏡に、それらを身につけた私が映っている。

気恥ずかしさを覚えるのは、ネイトさんの『初夜』発言のせいだろう。

クリスとは何度も体を重ねているけど、いつまで経っても慣れる気配はない。彼にあの手この手を使われ、毎回違った熱に浮かされて蕩けさせられているからだ。

彼にもたらされる甘い記憶が蘇り、つい赤面しそうになる。

「さあ、クリス様の元へ参りましょう」

侍女に案内され、緊張の面持ちで今夜ひと晩を過ごすという客用の寝室へ向かう。

「緊張されていますか？」

侍女の言葉にこくりと頷く。

「この素敵なナイトドレスも、私にはどこか不釣り合いな気がしてしまって……」

胸元が大きく開いた色っぽいドレスに視線を落とす。

「そんなことありません。リサ様にとってもよくお似合いですよ。きっとクリス様もお喜びになります」

「ありがとうございます。そう言ってもらえて、ちょっぴり気が楽になりました」

お礼を言う私に、三十代ほどの侍女は穏やかに微笑んだ。

燭台《しょくだい》の明かりに照らされた廊下の先に、美しい装飾を施された扉がある。この先にクリスがいると思うと、心臓が早鐘を打つ。

侍女が扉をコンコンッとノックすると、中から「入ってくれ」という彼の低い声がした。

「素敵な夜をお過ごしくださいませ」

侍女が開けてくれた扉から中に入ると、彼女は小声でそう告げて去っていった。

部屋に足を踏み入れて、私は息を呑んだ。

「わぁ……素敵……！」

薄暗い寝室のあちこちにキャンドルが飾られていた。

ユラユラと揺れる灯りが、薄手のレースを何層にも重ねたカーテンのついた豪華絢爛な天蓋《てんがい》つきのベッドを幻想的に照らしだす。フレームには薔薇の美しい彫刻が施され、まるでお姫様のベッドのようだ。

アロマが焚《た》かれているのか、室内にはほのかにウッド調のいい匂いも漂っている。

窓際の長椅子に座り優雅にワインを嗜《たしな》んでいたクリスは、私の姿を認めると愛おしそうに目を細めた。

「これ、私のために……？」

ロマンチックな演出に胸を躍らせる私の元へ優雅に歩み寄ると、クリスはそっと腰に腕を回して私の体を引き寄せる。

「ああ、気に入ってもらえたか？」

顔を覗き込む彼は、期待に胸を弾ませているように見えた。

「もちろんです！　なんだかお姫様になったみたいでドキドキします」

「そうか。喜んでもらえてよかった」

興奮気味な私の反応に満足げに微笑むと、彼はそっと私をエスコートして大きな窓のそばへと連れてきた。

どうやら窓の外には、広々としたバルコニーがあるようだ。

「少し風に当たらないか？」

「はい」

体を冷やさないようにと、彼は私に刺繍入りの高価そうなガウンをかけてくれた。

私たちはバルコニーに出て、寄り添って満月と星空を眺める。

「綺麗ですね……。こんなふうにゆったり月を眺める日が来るなんて……」

数か月前に余命宣告を受けたのが、遠い日のことのように感じる。

「そうだな。この国の生活にも慣れてきたか？」

「はい。最初は右も左もわからなかったけれど。この国のたくさんの人たちに手助けしてもらえたおかげですね」

「この国の人たちを手助けしてるのは、リサも同じだろう？　この間、ひとりで孤児院の慈善活動に参加したと聞いたぞ」

「やっぱり知っていたんですか？」

「やっぱり？　それはどういう意味だ？」

私の言葉に彼が不思議そうに目を丸くする。

クリスの邸宅のそばには、孤児院を併設した教会がある。彼と暮らしはじめてしばらくしてから、そこで手伝いをしてくれる人を募っているのを知った。

すぐにでも手伝いにいきたかったものの、そのときの私はちょうど婚礼の準備で日々忙しくしていた。そんなある日、わずかに時間に余裕ができた。私は勇気を出して孤児院に出向き、子供たちと遊んだり、畑作業の手伝いをしたりした。

「実は、そのとき神父様に聞いたんです。以前から、クリスが孤児院に多額の寄付をしていると」

孤児院にはその名のとおり、親や近親者のいない孤児たちが暮らしている。

クリスは寄付金を渡すだけでなく、定期的に訪れては子供たちに必要な物を差し入れたり、文字の読み書きを教えたりしていた。

子供たちはクリスをとても慕っており、彼がやってくるのを日々心待ちにしているようだ。

「みんな、口々にクリスのことが大好きだと話してくれました。強くて優しくてカッコいいって。クリスに憧れて、騎士になって国を守りたいという子もいましたよ」

ありのままを話すと、クリスは額に手を当てて小さく息を吐いた。

その横顔は明らかに照れくさそうだった。

「ハァ……。リサに話したのか。神父には、余計なことは言わないでくれと口止めしておいたのに」

「ふふっ、いいことをしているのだから、隠す必要はありませんよ。それに、その話を聞いて私はますますクリスのことが好きになりました」

「……本当か？」

まじまじと見てくるクリスに微笑む。私の腰を抱く彼の腕にわずかに力がこもった。

「はい。こんなに素敵な人の妻になれるなんて、私は世界一の幸せ者ですね」

私は逞しいクリスの体に身を預け、胸に頬をこすりつけた。

「まったく。可愛いことを……」

クリスは観念したように呟き、そっと私の体を抱きしめた。

「んっ……」

顎をそっと持ち上げて軽く口付けをする。

「今日は初夜だからな。一生忘れられない、特別な夜にしたい」

「初夜、ですか？」

唇を離したタイミングで尋ねる。私たちはもう何度も愛し合っているわけで……。

「そう細かいことは気にするな。それに、俺は毎回初夜の気持ちでリサを抱いている」

情熱的な言葉の後、クリスは私の頬にそっと触れた。

彼の瞳に宿った欲情の色に、私の心臓がトクンッと音を立てた。

「綺麗だ……。ナイトドレスがよく似合ってる」

彼はついばむようなキスを繰り返す。

「んっ……」

息継ぎの合間に彼の熱い舌が私の口内に入り込む。舌を絡めて甘く吸いあげられると、腰が蕩けて足がガクガクと震えて立っていられなくなる。

彼に縋りつくと、私の背中をしっかりと支えて激しく口付けてくる。

その情熱に応えようと、私も夢中で舌を絡めて思いの丈を伝えようとする。

柔らかい風が吹き、私にかけられたガウンがはらりと落ちた。

「リサが欲しい……。もう抑えが利かない」

私たちは本能のままに唇を重ね合わせ、もつれあうように室内に入るとベッドへ倒れ込む。

「俺の妻はどうしてこんなに可愛いんだ」

端整な顔のクリスに見下ろされ、甘く囁かれて心をくすぐられる。

形のいいほどよい厚みをもった唇が重ねられ、唇を食まれると体が溶けていくのを感じる。

なにかを切望するように何度も繰り返される甘いキスの雨に、自然と漏れる吐息。

クリスに求められていることに、心が浮き立つ。

キスは徐々に深くなり、彼は私の唇の隙間に舌を滑り込ませる。

甘く絡ませ、吸われる。たまらず「んんっ」と声を漏らすと、彼は唇を離してナイトドレスの腰紐に手をかけた。

ナイトドレスがはだけて上半身が露わになり、羞恥心に襲われる。

「やっ……、恥ずかしいです……」

思わず手で胸を隠そうとすると、クリスが私の手首を掴んで頭上へと引き上げる。

「リサの全部が見たいんだ」

「クリス……」

彼の手によって下着はすべて開かれた。馬乗りで私を見下ろし寝衣を脱ぎ捨てると、彼の逞しい肩や腕が剥き出しになる。

クリスは慣れた手つきで私の喜ぶ部分を探り当て、そこをじっくりと時間をかけて愛した。

彼からもたらされる甘美な快感に頭の中が朦朧《もうろう》として、ただ荒い呼吸を繰り返すことしかできない。

たっぷりと焦らされ、刺激され、トロトロに甘く溶かされる。

経験がないから他の人と比べることはできないけれど、クリスはいつも体を重ねる前に長い時間をかけて丁寧に私を愛してくれる。

それは任務でどんなに疲れていようと、変わらない。

一度、恥ずかしいのを承知で尋ねると、「リサが気持ちよくなっている顔を見るのが好きなんだ」と彼はいたって真面目に答えた。

今日も例にもれず、存分に愛でられて、たまらず「クリス……」と懇願するように潤んだ瞳を向ける。

「私、もう……」

「リサ……」

彼はゆっくりと私を貫いた。

低く艶めいた声で何度も名前を呼ばれる。彼の声が甘い痺れとなり体の奥へ伝わる。

「愛してる」

愛の言葉を囁かれて、胸の奥底から愛おしさが込み上げてくる。

肌を重ねながら交わすキスは、これ以上ないほどの幸福感をもたらす。

私はこの夜、クリスに何度も愛を刻み込まれたのだった。


「おいで、リサ」

甘い時間が終わり、ベッドに向かい合って横向きに寝転ぶとクリスが私の体を抱きしめた。

「……無理をさせてすまなかった。リサのあまりに可愛い姿に興奮して、我を忘れた」

「謝らないでください。私にとって、忘れられない夜になりました」

反省した様子のクリスを励ますように言う。

「こんなロマンチックな演出までしてもらえて嬉しかったです。でもこれ……クリスが考えたんですか？」

部屋の中にキャンドルを灯したりアロマを焚いたり。クリスらしくない演出を不思議に思って尋ねる。すると、クリスはすぐに白状した。

「実は、兄さんにアドバイスをもらったんだ」

「エ、エドワード国王に？」

思わず声を上ずらせる。

「ああ。初夜は大切だということはわかっていたんだが、どうすればリサを喜ばせられるのかわからなくてな。なにか特別なことがしたくて、兄さんにどんな演出をしたらいいか相談したんだ」

「ああ、だからあのとき……」

エドワード国王はたしかに宴の席で、『まさか私にあんな相談をしてくるなんて、以前では考えられ――』と、なにかを言いかけていた。

あの『相談』とは、私とクリスの初夜のことだったのだ。

『では、私はこれで。熱い夜を過ごしてくれ』というエドワード国王の言葉の意味をようやく理解して、顔から火を噴きそうになる。

けれど、嫌な気持ちにはならなかった。不器用なクリスがエドワード国王に相談してまで私を喜ばせようとしてくれたのだと思うと、胸が熱くなる。

「私のために色々考えて準備してくれたんですね。ありがとうございます」

「前に言っただろ。リサのためならなんでもすると」

「まだその約束は有効だったんですね？」

「当たり前だ。これから先もずっとだ」

律儀なクリスにギュッと抱きつくと、彼は私の髪をそっと撫でつけた。

「えっと……じゃあ、ひとつお願いしてもいいですか？」

「ああ」

クリスの胸に顔を埋める。温かい体温と一定のリズムを刻む彼の心臓の音が心地いい。

私はちょっぴりくすぐったい気持ちになりながら言葉を紡いだ。

「……いつか、クリスとの子供が欲しいです」

すると、クリスは「なっ」と言葉に詰まり、私の体に回していた腕の力を緩め、顔をまじまじと覗き込んできた。

「俺とリサの子供……？」

私の言葉をまったく予期していなかったのか、クリスは驚いたように尋ねる。

「前にネイトさんに聞いたんです。クリスが自分の子供が欲しいと話していたと。今もその気持ちに変わりはないですか？」

「もちろんだ！　俺もリサとの子供が欲しい」

「よかった。今すぐにとは言いませんが、いつか家族が増えたら嬉しいです」

「そうだな。来月からは調教師の仕事もはじまるし。それが落ち着いてから、これからのことをゆっくり考えよう」

「……はい！」

笑みを浮かべる私の頬にキスを落とし、クリスは穏やかに微笑んだ。

「子供が生まれたら、俺はどうなってしまうんだろう。これ以上の幸せに耐えられるのだろうか……」

「ふふっ。それは私も同じです。今だってこんなに幸せなんですから」

「いや、まだ全然だ。もっと幸せにしてみせる」

クリスは再び私の体をギュッと抱きしめる。

一日の疲れが一気に押し寄せ、瞼が自然と重たくなる。

愛する人の腕の中で、私は愛される喜びを噛みしめながら眠りについた。

【番外編　END】

あとがき

こんにちは。中山紡希《なかやまつむぎ》です。

今作は、マーマレード文庫三冊目となります。一冊目は〝なぁな〟というペンネームでの発売となっております（ややこしくなりすみません）。

今回のお話は、私にとって初めてのファンタジーものです。

そのため、プロットの段階からあれこれと頭を悩ませました。ただ、ヒーローはイケメンクール騎士がいい！と決めていました。

騎士団長のクリスが現代に転移して、ヒロインのリサと出会い恋に落ちる……。

たくさんの不遇を味わってきたリサを、大きな愛で包み込むイケメンクリスです。

ただ、クリスは日本という異世界に転移してきてしまったため、たくさんのカルチャーショックを味わいます。

そんなクリスの可愛らしさも好きになってもらえたら嬉しいです。

また、作中には白虎の赤ちゃんの〝モフオ〟が出てきます。

白虎の赤ちゃんってどんな感じなんだろうとあれこれ動画を観ているうちに、トタトタと短い足で歩くその愛らしい姿に母性本能をこれでもかというほどに刺激されてしまいました。

結果、大の猫好きの私ですが、うっかり白虎に浮気心が芽生えています……。作中のモフオにも注目してもらえたら嬉しいです。

最後になりましたが、担当編集様には執筆にあたり大変お世話になりました。たくさんのお力や知恵を貸していただけたおかげで、こうやって形にすることができました。

また、表紙のイラストを担当してくださった鈴ノ助《すずのすけ》先生。ラフの段階から興奮して叫んでしまいました。リサの可愛らしさはもちろん、想像以上にイケメンのクリスを見てはニヤニヤしてしまいました。さらに、モフオが最高に可愛い！　素敵な表紙に仕上げてくださり感激です。ありがとうございました。

この本に携わってくださったすべての皆さまに心より感謝申し上げます。

それでは、またお会いできる日を楽しみにしております。

中山紡希

マーマレード文庫

もふもふを拾ったら、異世界から来た騎士に一途に愛を乞われることになりました

2024年5月15日　第1刷発行　定価はカバーに表示してあります

著者　中山紡希　©TSUMUGI NAKAYAMA 2024
発行人　鈴木幸辰
発行所　株式会社ハーパーコリンズ・ジャパン
東京都千代田区大手町1-5-1
電話　04-2951-2000（注文）
0570-008091（読者サービス係）
印刷・製本　中央精版印刷株式会社

Printed in Japan ©K.K. HarperCollins Japan 2024
ISBN-978-4-596-82344-1

m a r m a l a d e b u n k o

marmalade bunko
マーマレード文庫